나쁜 교사

: 불온한 생각으로 성장하다

나쁜 교사

발행일 2017년 9월 20일

지은이 김 상 백
펴낸이 손 형 국
펴낸곳 (주)북랩
편집인 선일영 편집 이종무, 권혁신, 송재병, 최예은
디자인 이현수, 이정아, 김민하, 한수희 제작 박기성, 황동현, 구성우
마케팅 김회란, 박진관, 김한결
출판등록 2004. 12. 1(제2012-000051호)
주소 서울시 금천구 가산디지털 1로 168, 우림라이온스밸리 B동 B113, 114호
홈페이지 www.book.co.kr
전화번호 (02)2026-5777 팩스 (02)2026-5747

ISBN 979-11-5987-767-4 03810 (종이책) 979-11-5987-768-1 05810(전자책)

이 도서의 국립중앙도서관 출판예정도서목록(CIP)은 서지정보유통지원시스템 홈페이지(http://seoji.nl.go.kr)와 국가자료공동목록시스템(http://www.nl.go.kr/kolisnet)에서 이용하실 수 있습니다.
(CIP제어번호 : CIP2017023782)

학생이 행복하고 학부모가 만족하고 교사가 다니고 싶은 학교

학생이나 학부모의 시선이 아닌 교사로서의 교육 현실의 민낯을 마주하게 될 것이다.

북랩book Lab

| 머리말 |

나쁜 교사!

나쁜 교사란 사실을 인정하기까지 힘들었습니다.
나쁜 교사란 사실을 마음으로 승인하니 더없이 편안합니다.
나쁜 말과 행동으로 학교를 불편하게 하는 동안 많은 동료들의

"왜 당신 때문에 우리가 힘들어야 돼?"
"당신만 교사냐?"
"나도 예전에 다 그랬어요. 그래도 안 변해요. 그만 하세요."

라는 말을 들을 때마다 미안한 마음, 아쉬운 마음, 분노의 마음을 삭이는 것이 무척 힘들었습니다.

이제는 그럴 필요가 없습니다.
딱 한마디면 됩니다.

"나쁜 교사니까요."

나쁜 교사가 학교에 투영된 우리나라 교육을 감히 일갈했습니다.

나쁜 교사가 바라봤으니 긍정보다는 부정이 많습니다. 선한 사람들은 마음이 불편할 것입니다. 그래서 불편한 마음을 감성에만 충실한 사진으로 변제하고자 합니다.

학교의 관습과 통념을 나쁜 시선으로 바라볼 수도 있을 것이라는 선한 마음으로 읽어주시면 고맙겠습니다.

글의 순서는 의미가 없습니다. 실천한 학교의 삶을 블로그로 공유했고 그것을 다듬었을 뿐입니다. 순서대로 읽을 필요도 없고 동의하지 못하는 내용은 그냥 넘기셔도 무방합니다. 넘기다가 마음에 와 닿는 글귀 하나 있기를 바라는 마음만 간절합니다.

오랫동안 나쁜 교사의 길을 이탈하지 못하도록 도와 준 선한 학교, 선한 동료들에게 고마움을 전합니다.

조절하지 못하는 분노를 묵묵히 받아 준 사랑스럽고 선한 아내

홍인숙, 힘든 길을 찾아 고생을 사서 하는 두 아들 태완, 용하에게도 진한 사랑의 마음 전합니다.

무엇보다 하나뿐인 아들, 며느리, 두 손자 걱정만을 항상 이고 사시는 이춘자 여사님께 한 번도 하지 못한 말씀 올립니다.

'사랑합니다. 엄마.'

2017년 9월

나의 놀이터 1503호에서

| 차 례 |

2장 불온한 생각

3장 성장

1장

나쁜 교사

나는 나쁜 교사입니다

나는 나쁜 교사입니다.

소통하지 못하는 나쁜 교사입니다.

나는 나쁜 교사입니다.

학교의 좋은 점을 보지 못하는 나쁜 교사입니다.

나는 나쁜 교사입니다.

자신의 심각한 잘못이 뭔지도 모르는 관리자에게 그 잘못을 사적으로 따지지 않고 공개적으로 지적하여 학교 분위기를 엉망으로 만드는 나쁜 교사입니다.

나는 나쁜 교사입니다.

소통을 막는 소통을 강조하는 관리자를 공개적으로 지적하는 나쁜 교사입니다.

나는 나쁜 교사입니다.

교사의 한계를 극복하기 위해 그 한계를 꾸준히 넘나들며 교사 혁명을 꿈꾸는 나쁜 교사입니다.

나는 나쁜 교사입니다.

소외된 공간에서 공개적으로 비난받고, 소외되지 않은 공간에서 공개적으로 대응하여 그분들의 심기를 건드리는 나쁜 교사입니다.

나는 나쁜 교사입니다.

진실에 대한 호기심을 포기하고 관리자의 권위주의를 진실로 믿는 동료 교사들에게 "교사는 원래 그래!"라며 폄하하는 나쁜 교사입니다.

나는 나쁜 교사입니다.

국가 정책, 교육 정책의 부당함을 말과 글로 표현할 뿐, 온몸으로 물리적으로 저항하지 못하는 세속적이고 용기 잃은 나쁜 교사입니다.

나는 나쁜 교사입니다.

앞으로도….

나쁜 교사라는 말을 듣고 마음의 심한 상처를 받은 날, 카메라 메고 뒷산을 오르다가 우담바라(풀잠자리 알)를 보았다. '정말 나쁜 교사였으면 이 행운이 왔을까?'라는 마음으로 위로했다.

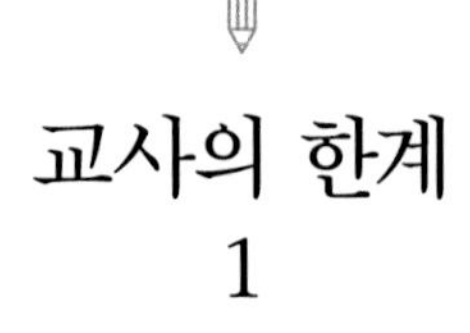

교사의 한계 1

지역 주민이 학교에 와서 얼토당토아니한 민원을 제기했습니다. 말 자체가 성립되지 않았고, 만약에 학교가 그 말을 수용하면 교사가 책임질 수 없는 심각한 결과를 가져올 우려가 다분했습니다. 그래서 정중하게 거절하였더니 교감, 교장에게 이야기하겠다고 해서 그렇게 하라고 했습니다. 당연히 관리자가 정중하게 거절할 줄 알았습니다. 그런데 수용했습니다. 여쭤보니 별일 안 생기면 되지 않겠느냐고 합니다. "별일 생기면 어떻게 합니까?"라고 했더니 안 생길 것이라며 역정을 냅니다.

교사들이 아침에 출근하면 교실에 가는 것이 아니라 휴게실에 모여서 세속적인 이야기를 나누다가 1교시 종 치면 교실로 갑니다. 그동안 아이들은 교실에서 자기들끼리 활동을 합니다. "교사들끼리 모여서 이야기하는 것 좋은데, 수업시간 끝나고 아이들 보내고 합시다"라고 했더니 무시합니다. 관리자에게 건의했더니 학교 분위기 좋은데 문제가 없다고 합니다.

교무 협의 시간에 현실과 동떨어진 교육활동을 관리자가 제안했습니다. 객관적인 논리로 부당함을 제기하고 우리 학교 여건에 맞는 다른 활동을 제안하였더니 감정적으로 거절합니다. 다른 교사들이 관리자의 의견에 침묵으로 동의하여 죽은 교육활동이 오랫동안 지속되었습니다.

공개수업을 한다고 했습니다. 아이들과 실제로 상호작용하는 과정을 지도안으로 만들었습니다. 장학지도로 포장된 검열 과정에서 난도질을 당했습니다. 배움 중심의 지도안과 유사했습니다. 현재는, 누군가에 의해 정형화된 배움 중심의 지도안이 아니면 난도질을 당합니다. 선도적, 전문적, 열정적인 교사들의 수업은 지위와 권위주의에 의해 난도질을 당합니다.

교육방송 전문가로 오랫동안 활동했습니다. 교육방송을 테이프로 녹화하여 각 교실로 보내는 일이 힘들었습니다. 학내망이 구축되어 가는 시점에서 변화가 필요했습니다. 그래서 교육방송을 동영상으로 캡처하여 직접 제작한 학교 홈페이지로 각 교실과 가정에 공유했습니다. 그 당시에는 한국교육방송(EBS)도 인터

넷 방송을 실시하지 않았습니다. 그래서 선생님들도 테이프 보관과 대여, 내용을 검색하는 일이 어려웠는데 수월해졌다며 좋아했고, 학부모들도 호응이 좋았습니다. 심지어 EBS 관계자도 이 동영상 캡쳐 시스템을 다른 교사들에게 강의하고 공유하는 저를 보며 만족감을 표시했습니다.

교육방송 연구학교 보고서에 이 시스템을 소개하고 일반화하려고 했습니다. 그런데 연구학교 지도담당 장학사가 거부했습니다. 이유는 동영상을 서비스하기에는 학내망의 속도가 느리다는 것이었습니다. 차근차근 설명했지만, 막무가내였고 심지어 관리자도 거부했습니다. 어처구니가 없었습니다. 기존의 안정적인 방식을 고수했습니다. 아쉬워서 보고회 당일에 부스 한 곳을 만들어 시연했습니다. 참관하신 선생님들의 반응이 폭발적이었습니다. 3년 뒤부터 EBS에서 현재의 VOD 서비스를 시작했습니다.

직접 겪은 교사로서의 한계였습니다. 지위가 능력으로 인정받는 현재의 학교에서 교사가 느끼는 무력감이었습니다. 지금도 하루에 수 회에서 수십 회의 정신적, 물리적 교사의 한계에 부딪히고 있습니다. 그 한계가 관리자에 의한 것도 있지만, 교사가 교사에게 선을 긋는 한계도 있습니다.

한계를 극복하는 방안은 정치적인 투쟁으로 학교가 민주적인 제도를 거부하지 못하게 하거나, 선한 관리자가 민주적인 학교문화를 제공하거나, 교사들이 학교 혁명을 이루는 것입니다.

많은 교사들은 전교조로 대표되는 정치적인 투쟁을 싫어합니다. 근본은 동의하지만, 정치 투쟁은 교육과 별개라는 논리로 접근하여 오히려 전교조를 탓하는 역 논리로 작동시킵니다. 조금만 넓게 세상을 바라보면 우리의 생활과 정치는 한 몸이라는 것을 알 것이며 최소한 유기적인 관계로 인식할 수 있을 것입니다. 교사의 정치투쟁을 비교육적이라고 생각하는 것은 본인의 삶이 평면적임을 인정하는 것과 같습니다. 그렇지 않다면 정치투쟁에 참여하지 않는 본인의 정당성을 주장하는 논리에 불과할 것입니다.

선한 관리자에 의해 제공되는 민주적인 학교문화는 바람 앞의 촛불과 같습니다. 관리자의 돌변, 관리자의 교체에 의해서 언제든지 비민주적인 학교로 퇴행할 가능성이 있습니다. 다만, 의식 있는 관리자가 많아져서 예전보다 민주적인 학교가 많은 것은 다행입니다.

교사들에 의한 학교 혁명은 학교 민주화를 바라는 교육공동체의 열망이 폭발할 때 가능합니다. 폭발하기 전까지 선지자 교사들의 끊임없는 운동, 인내와 희생이 따릅니다. 이러한 이유로 중도에 불발되는 경우가 많습니다.

현재, 선지자 교사로 성공하기 위해 전문 분야에서 열정을 쏟는 분들이 많습니다. 하지만 조금이라도 눈치가 있는 동료들이라면 그분들이 애써 감추는 한계를 눈치챌 것입니다. 전문성을 인정하지 않는 관리자의 푸대접, 동료 교사들의 냉소, 인간의 예의에서 벗어난 동료 교사의 4(?)가지 없는 언행, 승진제도의 부작용과 일제 잔재 문화에 의한 교사가 교사를 업신여기는 노예근성의 문화 등으로 선지자 교사들이 힘들어 하는 것을 목격할 것입니다. 그래서 간혹 화난 선지자 교사는 무조건 관리자를 싫어하고, 방향성을 잃은 선지자 교사는 인간의 행복한 삶을 포기한 자질 없는 교사만이 승진한다는 편견을 갖게 됩니다. 안타까운 일입니다.

교사들에 의한 학교혁명으로 교사의 한계를 극복하고 싶습니다. 그 옛날 전교조의 깃발로 교육혁명을 이루려 했듯이 이제는 진화된 교사들에 의한, 성숙한 교사들에 의한 단위 학교의 혁명으로 그 한계를 넘고 싶습니다. 그래서 현재의 선지자 교사들에게 부탁합니다. 포기하지 마십시오. 그 열정 식히지 마십시오. 에둘러 말하지도 탓하지도 마십시오. 당신들의 열망과 열정을 포기하지 않을 때 진화된 교사, 성숙한 교사들의 출현을 기대할 수 있습니다.

기다리고 기다리겠습니다. 그날을….

산촌의 여명

그러지 마세요

그러지 마세요.

당신 교사 시절에 수업 제대로 안 했잖아요?

불과 몇 년 전의 일인데 벌써 잊었어요?

자리 바뀌었다고 교사 시절에 수업밖에 몰랐다고 거짓말하지 마세요.

그러지 마세요.

당신 교사 시절에 전교조 조합원 선배들의 권유로 억지로 했잖아요?

그것도 교감 되기 몇 해 전에 시원하게 그만뒀잖아요?

자리 바뀌었다고 참교육 운운하며 전교조만 비난하지 마세요.

그러지 마세요.

당신 교사 시절에 신념 없는 출세 지향적인 교사였잖아요?

이 모임 저 모임 기웃거리며 이해득실 따졌잖아요?

자리 바뀐 지금도 기웃거리며 이해득실 따지잖아요?

그러지 마세요.

당신 교사 시절에 관리자 입맛에 맞는 회식에 불만 많았잖아요?

그런 관리자 안 되겠다고 떠벌리며 다녔잖아요?

자리 바뀐 지금 그 관리자와 똑같잖아요?

그러지 마세요.

당신 교사 시절에 독선적인 관리자가 학교 망친다고 게거품 물었잖아요?

민주적인 의사결정도 못하면서 관리자 한다고 게거품 물었잖아요?

자리 바뀐 지금 교사들이 당신 말 무조건 안 따른다고 게거품 물잖아요?

그러지 마세요.

당신은 그러지 마세요.

당신 개구리 아니잖아요?

아! 당신 그것 알아요?

개구리는 올챙이와 습성이 전혀 다른 동물이라는 것.

그래서 개구리는 올챙이 시절을 기억 못 하는 것이 당연한 것.

올챙이 시절을 기억하면 당당한 개구리로 살지 못한다는 것.

당신 사람이잖아요?

당신의 올챙이도 사람이고, 당신의 개구리도 사람이잖아요?

당신의 올챙이 기억하잖아요?

어쩔 수 없는 올챙이였잖아요? 탓하는 사람 없잖아요? 다른 사람들 그 사실 잘 모르잖아요?

그런데 왜! 올챙이로 살아가려 해요?

지금부터 개구리로 살면 되잖아요?

안타까운 당신!

그러지 마세요. 당신은 그러지 마세요.

장미, 너도 꽃일 뿐이다.

특권 의식

1교시가 시작되었는데 미안한 구석 하나 없이 당당하게 교실을 들어오는 학생이 있습니다. 관악부와 합창부원입니다. 4교시가 마치기도 전에 급식소로 내달리는 학생들이 있습니다. 사물놀이부원과 스포츠클럽 부원들입니다.

학교규칙에는 관악부, 합창부, 사물놀이부, 스포츠클럽 부원에게 특별한 권한을 부여한다는 내용이 없습니다. 관악부와 합창부는 학교를 대표하여 경연 대회에 나간다는 권력으로 모두를 위한 강당을 독점하여 정상적인 교육활동을 방해합니다.

관악부원과 합창부원은 학교를 대표하여 경연 대회에 나간다는 권력으로 1교시 시간을 제대로 지키지 않아서 다른 학생들의 학습권을 침해합니다. 사물놀이부와 스포츠클럽은 점심시간을 이용하여 연습해야 한다는 권력으로 점심 급식이 항상 제일 빠릅니다.

관악부, 합창부, 사물놀이부, 스포츠클럽을 지도하는 교사는 항상 바쁩니다. 자기 반의 학생들은 후 순위입니다. 후 순위가 아니더라도 상대적인 피해를 피할 수 없습니다.

특별한 권력을 가진 아이들을 지도한다고 당연히 가르쳐야 할 아이들을 여유롭게 바라보지 못합니다. 특별한 권력을 가진 아이들을 가르치는 특별한 능력이 있다고 학교의 다른 업무에서 많이 제외됩니다.

모든 학생들을 위한 교육비를 특별한 학생들을 위한 교육비로 제법 지출합니다. 특별한 아이들을 위한 경비 때문에 합리적인 소비도 과소비로 지적받고, 예산이 많이 부족하다고 합니다.

그럴 수 있습니다.

관악부와 합창부가 학교의 전통이라서 어쩔 수 없을 수 있습니다. 관리자의 정책적인 판단으로 사물놀이부와 스포츠클럽에 투자할 수 있습니다.

하지만 그럴 수는 없습니다.

관악부, 합창부, 사물놀이부, 스포츠클럽 부원이라고 다른 학생들보다 특별한 권력을 누리게 할 순 없습니다. 모두가 사용하는 강당 사용은 적정해야 합니다. 더 좋은 방법은 별도의 연습 공간을 마련해야 합니다. 현실적으로 힘들다고 강조합니다. 힘든 것을 해결하는 역할은 관리자의 몫입니다. 관리자가 문제 해결을 위해 여기저기 다녀야 합니다. 여기저기 다니지도 않고 불평등한 특권의식만 생산하는 교육활동을 강조하는 것은 학교의 관리자가 할 역할은 아닙니다. 여기저기 다녀도 안 되면 관악부, 합창부, 사물놀이부, 스포츠클럽의 성격을 경연 대회의 목적보다 학생들의 꿈과 끼를 발산하는 활동으로 제한해야 합니다.

그럴 수는 없습니다. 관악부, 합창부, 사물놀이부, 스포츠클럽 부원들에게만 1교시와 4교시의 자유 이용권, 점심 급식 우선 배식권을 발급할 수 없습니다. 여느 학생들과 똑같이 학교 규칙을 준수해야 합니다. 정말 특별한 사정이 있어서 특별한 혜택을 받아야 될 경우라면 이에 맞는 미안함과 고마움, 보답하려는 마음이 있어야 합니다. 당연함에 물들어서 특권에 맞는 인성이 갖추어지지 않는 학생들의 미래를 우리는 이미 겪었습니다. 특권의 당연함에 물든 학생들이 특권을 가진 성인이 되면 어떤 일을 하겠습니까?

교사도 마찬가지입니다. 특별한 능력이 있다고 특별한 대우를 받는 저급한 학교 문화에 반기를 들어야 합니다. 교사는 특별한 학생들을 가르치는 존재가 아닙니다. 교사 자격증에 특별한 학생만을 가르치라고 명시하지 않았습니다. 특별한 학생들을 가르칠 그 재능 일반 학생들에게도 필요합니다.

러시아의 예를 들겠습니다. 영재성이 있는 학생을 가르치는 교사를 많이 배출하는 이유는 영재 학생만을 가르치라는 것이 아니라, 영재 학생들을 가르치는 재능을 일반 학생들에게 융통성 있게 적용함으로써 일반 학생들의 성장을 촉진하고, 미성취 영재 학생들의 행복한 성장을 이끌라는 의미가 있다고 합니다. 실제로 효과가 놀라웠다고 합니다. 그래서 영재 교육 교사 연수는 영재 학생들만을 가르치기 위한 목적이 아니라 일반 학생들에게 적용하기 위한 목적도 크다고 합니다.

교사에게 특별한 재능이 있다는 것은 자랑스러운 일입니다. 하지만 그 특별한 재능이 학생들의 성장과 발전을 위한 것이 아니라 자신의 특권을 강화하기 위한 수단으로 이용한다면 사용을 중지시켜야 합니다.

학교는 생태적인 불평등과 돈과 권력으로 불평등화 되어가는 사회를 평등한 사회로 진화시키는 역할을 해야 합니다. 그런데 진화를 촉진하기보다 퇴행을 촉진하는 일련의 교육활동들로 특권이 당연함으로 받아들여집니다. 그 당연함이 우리를 퇴행시킵니다.

함께 멈춥시다.

특권을 생산하는 교육활동, 함께 멈춥시다!

특별한 재능이 특별한 권한이 된 학교문화, 함께 멈춥시다!

특별한 재능에 맞는 인성보다 특권의 당연함을 길러 준 비정상적인 교육활동, 함께 멈춥시다!

1등 하는 학교, 빛나는 학교를 위한 교육활동보다 학생들의 가슴에 원칙과 정의를 새기는 교육활동, 함께 합시다!

S
교사에게

준혁신 학교(행복 맞이)에 근무하고 있습니다. 뻔한 연수를 수강하라고 강요(?)합니다. 하지만 연수 내용을 보고 내키지 않으면 참여하지 않습니다. 동료들의 소리 없는 비난으로 뒤통수가 간질간질합니다.

오늘도 그날입니다. 이웃 학교의 S 교사가 강사이고 내용도 좋으니 전 교원이 수강하기를 강요합니다. 참여하지 않겠다고 했지만 정해진 시간에 동참했습니다.

자신을 돌아보고 남을 이해하자는 내용입니다. 관계가 중요하다는 내용입니다. 그리고 강사인 S 교사는 주말에도 학생들이 보고 싶어 출근하고 싶다고 합니다. S 교사들은 어디서 세뇌를 당하는지 항상 이 말을 빼지 않습니다.

마음속으로 원색적인 비난과 질문을 던졌습니다. 그렇게 학생들을 위하는데, 왜 학교는 S 교사를 거부하는가? 왜 S 교사는 동료들에게 크게 환영받지 못하는 존재가 되었는가? 역할과 관계 형성에 문제가 있는 것이 아닌가? 나도 수업시수가 S 교사만큼만 되면 주말에도 학생들 보고 싶겠다. 왜 본인이 누리는 특별한 권리로 일반 교사들을 은근히 비난하는가? 왜 본인의 역할과 관계 형성에 문제성을 발견하지 못하는가? 왜 동료 교사가 편하게 다가갈 수 있는 시간과 공간을 보장하지 않는가? 왜 자신의 잘남을 드러내기 위해 억지 연수 만들어서 과자 몇 개와 음료수로 편한 연수라고 포장하는가? 왜 교사를 돕는다는 이름으로 기획은 하지 않고 기획해주면 운영만 하겠다는 억지 부리는가? 진정으로 돕고 싶은 마음이 있는데, 왜 힘든 교사의 업무 통째로 가져가서 기획부터 평가까지 하지 않는가?

동료들이 원하는 진정한 S 교사는 비 맞는 동료에게 찢어진 우산을 건네는 존재가 아닌 함께 비를 맞는 동료의식입니다.

컨설팅은 컨설턴트의 강요가 아니라 수요자의 자발성입니다. 당신에게 컨설팅을 요구하지 않는다면 당신의 문제를 먼저 찾아야 합니다. 현실적인 교사의 힘듦과 아픔은 외면하고 여기저기 있는 교육학 이론, 상담이론, 리더십 이론을 가져와서 실천 없는 지식을 파는 것이 당신의 역할은 아닙니다.

그런 활동으로 당신이 근무하는 학교에 봄은 오지 않습니다.

자유롭게 말할 권리와 평등한 의사결정이 빼앗긴 학교에서 신음하는 교사에게 수업이 최고라며 수업에만 몰두하라고 강요하는 당신을 볼 때마다 일제의 황국신민화 정책이 떠오릅니다.

S 교사를 편향된 시각으로 바라보는 저의 바람은 교사들이 마음 편히 원하는 수업을 할 수 있는 학교문화 개선에 발을 들이는 것입니다. 그리고 먼저 실천하는 것입니다.

그래서 교사들의 참다운 선구자가 되기를 바랍니다.

블루베리처럼 어우러진 행복한 학교 함께 만들어요.

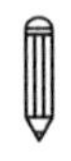

옆 반 선생님과 연대

'백 가지의 제도보다 민주주의 혁명의 경험, 정권교체의 경험, 이런 것들이 민주주의 발전에 획기적인 기여를 하는 것이다.'

-『운명이다』, 노무현 자서전, 노무현재단 엮음, 유시민 정리 -

학교 교무회의의 부담은 여전합니다. 늘 가슴 두근거림을 피할 수 없습니다. 이유 없는 비난과 치욕으로 분노의 몸서리를 떨어야 합니다. 교무회의가 있는 날은 학교가 싫습니다.

민주적으로 운영하겠다며 말하라고 합니다. 들어 줄 용의가 있으니 말하라고 합니다. 그러나 들어줄 만한 이야기에 반하는 의견을 제시하면 일축합니다. 망설임 없는 윽박지름으로 묵살합니다.

그러면서 또 말하라고 합니다. 그리고는 침묵하는 다수 때문에 민주적인 의사결정이 안된다고 투덜댑니다.

민주적인 학교 문화와 관련된 연수에 많은 교원이 참여합니다. 희망적입니다. 참여한 교원은 학교에 적용하면 금방 바뀔 것 같다는 희망에 부풉니다. 그러나 현실은 강사의 선동처럼 되지 않습니다. 현실에 적용하기 위한 치열한 토론이 필요한데 대부분이 과정이 생략되어 실천에 이르지 못합니다. 토론이 생략된 적용의 오류를 알지 못하고 교원들의 지적 성숙도가 문제라며 애써 자위합니다.

교무회의를 의결기구로 법제화하려 합니다. 반대도 있습니다. 교무회의를 법제화하면 현재의 비민주적인 의사결정 구조가 타파되리라 착각합니다. 그러나 학교에는 관리자의 권력을 넘는 어떤 권력도 존재하지 않습니다. 교사가 관리자의 눈치를 볼 수밖에 없는 구조에서 자유로운 의견 제시와 평등한 의사결정을 기대하는 것은 욕심입니다. 그리고 단기간에 민주적 학교 문화를 선도할 당찬 교원들의 대거 출현을 기대하는 것도 희망사항입니다.

민주적인 의사결정을 싫어하는 교원은 없습니다. 표면상은 다 그렇습니다. 하지만 내면은 절차만 민주주의입니다. 이미 결정이 되어 있으니 절차만 밟으라는 것입니다.

그렇지 않다면 교사들의 민주적 의사결정의 결과를 받아들이고 지지하십시오. 무조건 수용하고 지지하고 수용하고 지지하십시오. 아쉬운 결과는 우리의 수준이라고 자조하십시오. 결코, 우리의 수준 단기간에 나아지지 않습니다.

생존한 인간은 물리적인 힘과 권력을 가진 자, 그들에게 고개 숙인 자, 적극적으로 동조한 자들입니다. 인간의 생존 DNA입니다. 권력 앞에 말 못하는 것 당연합니다. 하지만 민주주의는 이 DNA를 거부한 시민들의 현실 참여가 이룬 혁명의 결과들입니다.

학교가 비민주적이라서 힘들다면 생존의 DNA를 거부해야 합니다. 가슴 떨려도 말해야 합니다. 다행스럽게도 그 옛날 추장처럼 관리자가 당신의 목숨을 위협하진 않을 것입니다.

그래도 가슴 떨려서 말하기 힘들다면 옆 반 선생님과 연대하고, 그 옆 반 선생님과 연대하고, 이것저것 따지지 말고 연대하고 연대하십시오. 연대한 결과에 절망하거나 분노하여 고개 돌리지 말고 참여하고 연대하십시오.

이러한 경험이 학교가 민주적으로 변하게 할 것입니다. 그것도 아주 서서히.

우리는
무엇이 다른가?

가을 운동회가 봄 운동회로 많이 바뀌었습니다. 코스모스 꽃 색깔로 승리 팀을 점쳤던 분들은 아쉽지만, 긍정적인 효과는 제법 많습니다.

올해도 어김없이 봄 운동회가 대세입니다. 예견된 갈등이 시작되었습니다. 미세먼지로 교육을 대하는 우리의 민낯이 여기저기서 드러났습니다.

미세먼지 수준이 나쁜 날에 운동회를 강행하여 학부모들의 강한 항의로 파행을 맞았다는 학교.

학부모들의 항의가 없어서 무사히 운동회를 마쳤다는 학교.

미세먼지 때문에 마스크를 쓰고 운동회를 한 학교.

계획보다 일찍 마쳤다는 학교.

연습을 했으니 미세먼지와 상관없이 강행하는 것이 옳다는 분들.

예전 운동회에 비하면 '누워서 떡 먹는 운동회'마저도 회피하려고 미세먼지 핑계를 댄다는 분들.

운동회를 강행하는 것이 아이들을 위한 행복교육이라고 주장하는 분들.

미세먼지의 심각한 유해성 이미 알고 있습니다. 심각한 유해성이 당장 드러나지 않는 것이 더 심각한 유해성이라는 것도 알고 있습니다. 하지만 우리는 유해성이 당장 드러나지 않는 미세먼지보다 당장의 전시 교육을 위해 운동회를 선택합니다.

'교육은 백년지대계(百年之大計)다.'

교육부와 정치인들의 대증요법 교육정책을 비난할 때 우리가 격분하며 하는 말입니다.

미세먼지로 성찰합니다.

'우리는 무엇이 다른가?'

'무엇이 달라야 하는가?'

운동회 연습한다고 머리띠 두르고 체육복으로 등교하던 코스모스 활짝 핀 시골 길이 아련하다.

손 휴지와 일회용 비닐

아이들의 우산에서 떨어지는 물방울로 복도와 교실이 젖는 것이 걱정되어 현관 입구에 우산을 씌우는 일회용 비닐을 공급하는 기계를 비치했습니다. 복도와 교실에 물은 덜 떨어집니다. 하지만 하굣길에 아이들이 버린 일회용 비닐이 온 학교에 날립니다. 관리자는 교사들이 지도를 똑바로 안 해서 생긴 일이라고 나무랍니다.

화장실에 손을 닦기 위한 종이 휴지를 비치했습니다. 어떻게 되었을까요? 화장실 바닥이 휴지 천지입니다. 화장실용 휴지보다 질감이 좋으니 화장실용으로 이용되기도 합니다. 아이들은 손을 닦기 위한 휴지는 항상 모자란다고 귀찮게 졸라댑니다.

제안을 했습니다. "손을 닦기 위한 휴지 대신 환경보호를 위해 손수건 사용을 권장합시다. 그리고 당장 손 휴지를 없애지 말고 줄여나갑시다."

"손 휴지를 사용하는 것이 손수건을 사용하는 것보다 더 위생적입니다. 손수건의 위생적 관리가 안 되기 때문에 손 휴지는 계속 사용합니다. 그렇게 아세요." 관리자의 대답입니다.

손수건의 위생적인 관리는 교사가 지도하면 되죠. 그리고 손 휴지 대신 손수건을 사용하는 이유를 꾸준히 설명하면 되죠. 이게 교육 아닙니까?

일회용 비닐도 마찬가지입니다. 미세먼지의 피해를 줄이자고 강조합니다. 일회용 비닐을 만드는 공장에서 미세먼지 배출시키는 것 모르는 사람 없습니다. 더구나 비닐은 썩지도 않습니다. 미세먼지 교육을 강화하는 것은 미세먼지에 대한 지식을 늘리려는 것도 있겠지만, 미세먼지를 유발하지 않는 생활 속의 실천을 더 강조하기 위함입니다.

대증요법의 폐단을 지적하면 아이들을 위한 것이라며 억지를 부립니다. 더디지만 꾸준한 실천으로 근본적인 원인을 해결하려는 태도를 기르는 것이 학교 교육임을 알면서 대증요법으로 학부모들과 아이들에게 점수만 따려 합니다.

환경 관련 교육활동 사진 속의 즐거운 아이들은 쏙쏙 뽑아내는 손 휴지가 나무라는 생각, 일회용 비닐이 미세먼지라는 생각은 하지 못합니다.

젊은 교사에게

존경하는 페이스북 친구가 승진에 대한 이야기와 승진을 안 한 교사들을 바라보는 젊은 교사들의 생각을 담백하게 풀었습니다. 공감되는 부분도 있었고 젊은 교사들이 고쳤으면 하는 부분도 있어서 '젊은 교사들의 처세는 똑똑하지만, 교육에는 똑똑하지 않아요.'라는 댓글을 남겼더니 어떤 이가 '교육적으로 똑똑한 교사는 어떤 교사인가요?'라는 물음을 달았습니다. 의도를 알 수 있는 댓글이었습니다. 바로 답을 하려다가 자칫 말싸움으로 번질 것 같아서 한숨으로 여유를 찾았습니다.

8년 전부터 10살 이상 차이 나는 교사들과 근무를 하고 있습니다. 다양한 교사들을 경험했습니다. 그리고 다양성과 함께 공통점을 발견했습니다. 처세를 정말 잘합니다. 사전적 의미로 처세는 사람들과 어울려 세상에서 살아가는 일입니다. 인사를 비롯한 반듯한 예의, 중립적인 태도, 부당함에 대한 긍정적인 마인드 연출, 자아비판에 가까운 자기 성찰 등. 그래서 어떤 자리에서 '요즘 교육대학교에서 모든 것을 다 배워주는 것 같다'라고 한 적도 있습니다.

그리고 신규 교사를 비롯한 젊은 교사에게 교사로서 아쉬운 부분도 있었습니다. 아이들을 바라보는 시각과 직업으로서의 교사입니다. 아이들을 바라보는 시각에서 아쉬운 부분은 아이들을 아이들처럼 바라보지 않는 것입니다. 한 번을 가르치면 척척 아는 존재로 아이들을 바라봤습니다. 그래서 아이들의 부족한 부분을 아이들의 가정이나 환경 탓으로 돌렸습니다. 물론 가정이나 환경 때문에 부족한 아이들이 있는 것을 부정하는 것은 아닙니다. 한 번 가르쳐서 척척 알면 왜 교사라는 직업이 존재하며, 왜 교육대학교, 사범대학교라는 특별한 교육과정을 이수하도록 하겠습니까? 더불어 현직 교사에게 그토록 많은 연수를 강요하겠습니까?

직업으로서 교사에 대한 아쉬운 부분은 초· 중등교육법 제20조 제1항에 따르면 '교사의 임무는 법령이 정하는 바에 따라 학생들을 교육하는 사람이다.'로 명시되어 있습니다. 그런데 내가 겪은 젊은 교사의 일부는 이 법령을 지키지 않았습니다. 그래서 이 법령을 지키라고 조언하면 '교사가 성직자냐?'라고 되물었습니다. 어처구니가 없었습니다.

다른 경우도 있습니다. 법령과 지침, 공문 내용을 너무나 잘 준수합니다. 흔히 하는 말로 '쓸데없는 것'까지 해서 동료를 괴롭히기도 합니다. 그런데 계획이 끝입니다. 교육적 실천은 없습니다. 결과도 거짓입니다. 어떤 교사는 점수 따는 것만 열심히 합니다.

정말 많은 연수에 집착합니다. 어떤 경우는 수업 시간에도 인터넷 창을 '올렸다 내렸다'를 반복하며 원격 연수에 몰입합니다. 대단한 멀티플레이어입니다. 교실에서 적용하지 않는 연수에 집착하는 이유가 뭘까요? 본인이 실천한 결과처럼 떠벌리기 위함일까요?

학급 교육과정에서 독서교육을 강조합니다. 교실 게시판에 독서 게시판을 근사하게 마련하여 보기 좋게 게시합니다. 하지만 교사는 정작 아이들과 책 한 번 읽지 않습니다. 교사의 컴퓨터 모니터 집중을 방해하지 못하도록 아이들에게 책 보는 척을 강요합니다.

젊은 교사를 교사로서 똑똑하지 않다고 하는 이유입니다. 물론 개인차가 있겠지요. 그래서 '교사들'이 아니라 '교사'로 표현했습니다. 젊은 교사들을 폄하하거나 꼰대질할 의도는 없습니다.

교사로서 함께 똑똑해지기를 갈망합니다.

봄이 되니 벌과 나비가 모여드는구나!

교사의 교조

경력이 얼마 되지 않았을 때는 학교 관리자가 젊어지면 학교가 많이 변할 줄 알았습니다. '젊은 관리자는 열린 관리자다. 젊은 관리자는 진보적이다'라는 편견이 작동하고 있었습니다. 어느 날 젊은 관리자가 학교에 왔습니다. 그 관리자 덕분에 편견에서 벗어나는 계기가 되었습니다.

오랫동안 '왜 관리자는 좀처럼 바뀌지 않는 것일까?'에 대한 고민을 했습니다. 퇴행적인 학교 제도와 민주적이지 못한 학교 문화에서 찾으려는 노력을 했습니다. 그래서 학교가 민주적인 제도를 표방하고 교사들의 열망이 동반되면 점진적인 변화를 가져올 수 있다는 희망을 가졌습니다. 그리고 가슴 떨리는 작은 용기로 실천하고 있습니다.

하지만 관리자가 조금 바뀌면 비민주가 민주로 확 바뀔 수 있고, 심장 떨리는 작은 용기 내지 않아도 되는데 왜 관리자는 바뀌지 않는지에 대한 의문은 여전히 남아 있었습니다.

오늘 상당 부분의 찜찜함을 남겨두고 교조주의로 의문을 해결하는 단서를 찾았습니다.

교사에게 교조(敎條)는 아이들의 성장과 발전입니다. 민주시민으로서의 성장과 발전입니다. 사회 정의를 갈구하는 민주시민으로서의 성장과 발전입니다. 대한민국 국민으로서 끊임없이 행복을 추구하고, 타인의 행복과 공존하기 위한 의무와 권리를 다하는 시민으로서의 성장과 발전입니다.

그래서 학교의 교육활동은 '아이들의 성장과 발전에 어떤 영향을 끼치느냐?'로 결정되어야 합니다. 효과가 긍정적이면 아이들이 재미있게 할 수 있는 방법으로 실행해야 합니다.

그러나 이런 정상적인 교조는 승진과 관련이 없거나 적습니다. 승진을 위해서는 양적인 실적이 필요합니다. 하지만 정상적인 교조에 의한 교육활동의 결과는 질적인 경우가 많습니다. 그래서 질적인 결과를 눈으로 확인 가능한 양적인 실적으로 개량해야 승진을 위한 점수로 인정됩니다. 교육과는 관련 없는 쓸데없는 일이라며 투덜거리면서 절박한 심정으로 반복해야 충족되는 것이 승진가산점입니다.

이러한 과정에서 교육 본질보다는 형식적이고 의미 없는 실적

쌓기가 교육의 본질이라는 비정상적인 교조가 체득됩니다. 이러한 비정상적인 교조를 부정하면 승진한 자신을 미화할 수 없으므로 관리자가 되어도 비정상적인 교조에서 벗어날 수 없습니다. 결국, 이상한 승진제도가 이상한 관리자를 만드는 것입니다. 승진제도를 바꾸자는 주장이 끊임없이 제기되는 것도 능력 없는 교사의 시샘이 아니라 교육 본질을 회복하자는 주장입니다.

관리자가 아닌데도 비정상적인 교조에 물든 교사들이 있습니다. 비정상적인 교조를 미화하는 관리자들에게 갇혀서 물든 것입니다. 이런 교사들이 환경이 바뀌어도 교육 본질로 쉽게 돌아오지 못하는 이유는 자신의 비정상적인 교조를 부정하면, 교사로서 자존심에 심각한 타격을 입는다는 강박으로, 비정상을 상황에 맞게 교묘하게 수정하여 더 큰 비정상을 만드는데 몰입하기 때문입니다. 그리고 이러한 비정상의 교육활동으로 생산된 실적물에 작은 변화를 가하면 승진을 위한 점수로 유용하게 사용될 수 있습니다. '선생 같지 않은 선생이 교장 된다'라고 하는 말이 이렇게 생겼습니다.

같은 일을 반복하는 교사는 교조주의자가 쉽게 될 수 있습니다. 하지만 교육 본질을 추구하는 정상인 교조와 교육 본질에서 이탈한 비정상인 교조에 물드는 것은 '교사로서 어떤 삶을 사느냐'에 달려 있습니다.

나는 어떤 교조에 물들어 있는가?

나의 교조는 정상인가?

교사의 교조입니다.

힘들게 피었다. 칼랑코에

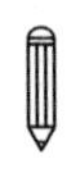

교사의 되됨이

품격은 사람의 품성과 인격입니다. 품성은 품격과 성질을 아울러 이르는 말이고, 인격은 사람의 됨됨이입니다. 됨됨이는 사람으로서 지니고 있는 품성이나 인격을 말합니다.

말장난을 위해 사전을 찾은 것은 아닙니다.

교사의 자질을 학문적 접근이 아닌 일상에서 찾고 싶었습니다. 그래서 '교사의 자질'이 아닌 다른 말로 시작하고 싶어서 사전을 찾았는데 품격, 품성, 됨됨이가 어느 한 쪽을 완전히 아우르는 말은 아닌 듯합니다. 그래서 품격이나 품성보다 됨됨이의 느낌이 좋아서 '교사의 됨됨이'로 시작합니다.

교사의 기본은 수업입니다. 형식적이든 잠재적이든 학생의 올바른 성장과 발전을 꾀하는 교사의 행위는 수업입니다. 그래서 교사는 수업의 전문성을 얻기 위하여 다양한 방법으로 열렬한 애정을 쏟습니다. 그리고 행정업무가 많아서 수업을 제대로 할 수 없다고 하소연합니다.

그런데 어떤 교사는 이러한 하소연을 풍선효과라고 합니다. 풍선효과는 한쪽을 누르면 다른 쪽이 부풀어 오르는 풍선의 형상을 빗대는 것으로, 교사에게 수업을 강조하니 행정업무가 많다는 핑계를 댄다는 것입니다.

실험을 하고 있습니다. '학교에서 수업, 교재 연구, 교과 외 학생들의 교육활동, 행정업무 순으로 생활하고 절대로 행정업무와 함께 퇴근하지 않는다.' 한 달을 넘겼습니다. 결론은 불가능합니다. 마음 편히 교재 연구를 할 수 없습니다. 교재 연구를 할 수 없으니 만족하는 수업이 이루어지지 않습니다. 교과 외 교육활동도 형식적으로 흘려 보냅니다.

행정업무와 각 부서에서 뿌리는 실적물 요구 때문입니다. 20년을 넘긴 경력으로 적당히 외면하고 있지만, 심리적 압박감은 어쩔 수 없습니다. 실험이 성공적으로 이루어지고 있는 것처럼 보이지만 실제는 그렇지 않습니다. 한 학기를 마친 현재, 실패가 아닌 불가능으로 결론을 내린 이유입니다. 그나마 다행인 것은 이런 나의 실험이 아주 작은 긍정의 파장을 일으켰다는 것입니다.

20년 이상의 경력을 가진 교사가 이러한데 행정업무가 많아서 자부심을 갖는 수업을 할 수 없다는 교사들의 하소연을 풍선효과로 낙인찍을 수 있을까요?

교사의 됨됨이는 수업을 대하는 교사의 태도입니다.

만족하는 수업을 위해 행정업무를 줄여달라는 교사들의 요구를 풍선효과로 낙인찍는 것보다 자기가 맡은 업무에서 법적 근거가 없는 문서, 비교육적으로 행해지는 관행적인 행사, 실적 중심의 전시 교육활동, 아집성 문서 작업을 포기하는 실천적인 태도가 교사의 참 됨됨이일 것입니다.

함께 하지 못한다고 풍선효과라며 호도하지 말고 따뜻한 말로 위로합시다. 됨됨이가 바른 교사의 위로가 그나마 안타까운 현실을 위안합니다.

눈과 소나무

4차 산업혁명과 검열

정말 잘 된 학교 교육과정은 어떤 것일까요?

담임이나 담당교사가 그대로 따라만 하면 되는 교육과정일까요? 그래서 전교생이 일사불란하게 같은 시간에 같은 활동을 하는 교육과정일까요? 담임이나 담당교사가 일사불란한 학교 교육과정을 구현하느라고 각자의 전문성을 포기해야 하는 것이 잘 된 학교 교육과정일까요?

관리자는 꾸준히 다양성과 창의성 교육을 강조합니다.

회의만 갔다 오면 빠짐없이 전달되는 것이 4차 산업혁명과 창의성, 다양성 교육입니다. 그런데 말입니다. 강한 의심을 하지 않을 수 없습니다. 1학년 1반부터 6학년 끝 반까지, 월요일 아침 활동부터 금요일 6교시까지 똑같은 교육활동으로 가득 채운 학교 교육과정으로, 교사들의 전문성을 방해하는 학교 교육과정으로 어떻게 4차 산업혁명을 강조할 수 있을까요? 그래서 4차 산업혁명의 진정한 뜻을 모를 것이라는 합리적인 의구심을 품지 않을 수 없습니다.

학급 교육과정을 제출하라고 합니다. 학교 교육과정이 너무 잘 되어 있어서 학급 교육과정의 필요성을 느낄 수 없습니다. 물론 반별 시간표, NEIS의 연간 지도 계획 등은 해야 되겠지요. 하지만 이것이 학급 교육과정의 전부라고 말하는 교원은 없을 것입니다. 그런데 말입니다. 관리자는 자꾸 학교 교육과정에 있는 것을 학급 교육과정에 삽입하라고 강요합니다.

학급 교육과정은 담임교사의 전문성이 발휘되어야 합니다. 학교 교육과정에서 강조하는 다양한 교육활동이 담임교사의 전문성과 결합하여 다양한 형태로 구현되어야 합니다. 다양한 교사들에 의한 다양한 교육활동이 구현되어야 학생들의 다양성이 길러집니다.

학급 교육과정 구현이 어려워진다고요? 당연히 어려워야죠. 학생들의 성장과 발전을 위한 중요한 시작을 학교 교육과정을 삽입하는 것으로 출발하면 안 되잖아요.

교사들의 전문성이 의심된다고요? 교육대학교 졸업하고 임용

고시 합격하지 않았습니까? 그리고 부족하면 채우겠지요. 의심하여 검열하지 마십시오. 의심하고 검열하는 시간에 교사들이 전문성을 발산할 수 있도록 행정업무를 덜어내고, 부족한 부분을 채울 수 있도록 연구 환경 조성에 노력하십시오.

가만히 있는 학교 화단 여기저기를 파헤쳐서 혈세 낭비하지 마시고 창고 같은 교사 연구실, 마음 놓고 볼일도 못 보는 화장실, 회의실 하나 없는 환경을 개선하십시오.

정말 학생들의 성장과 발전을 위한 다양성과 창의성 교육을 원하신다면 통일성만을 강조한 학교 교육과정을 개선하십시오. 다양성에 필수인 민주적인 학교 문화 조성에 인색하지 마십시오. 그리고 법적 근거 없는 결재를 빙자한 검열로 교사들의 다양한 전문성을 방해하지 마십시오. 검열한다고 검열하지 않는다고 좌고우면 하는 교사 드뭅니다. 그리고 좌고우면하는 교사라면 검열한다고 나아지지 않습니다. 그 드문 교사에게는 다른 처방을 찾으십시오.

다양성과 창의성 교육을 기반으로 한 4차 산업혁명은 검열로 되지 않습니다.

영롱하다.

불변

학교 벽면 색깔이 하얀색, 검은색, 회색의 무채색에서 알록달록한 유채색으로 바뀌었습니다.

삐걱거리는 소리로 체중을 받아낸 가시가 일어나고 초를 칠해야 했던 싸구려 나무 바닥이 고급 강화마루로 바뀌고 있습니다.

초록의 칠판이 화이트보드와 전자칠판으로 바뀌고 있습니다.

칠판만 있던 교실 앞이 대형 TV와 각종 정보화기기로 바뀌고 있습니다.

고급 사양의 컴퓨터가 교사 책상의 중앙을 차지하고 있습니다.

높낮이 조절이 되는 제법 인체공학적인 디자인으로 아이들의 책걸상이 바뀌었습니다.

많은 것이 바뀌어 가고 있습니다.

그러나 실적을 중요시하는 관리자의 모습, 옳음을 옳다고 말하지 못하는 교사, 자기 아이만 잘 봐달라는 학부모는 예나 지금이나 마찬가지입니다.

문서만 잘 갖추어져 있으면 교육이 다 되었다고 생각하는 것은 예나 지금이나 마찬가지입니다.

바뀌어야 한다고 주장하지만 정작 바뀌지 않는 것은 우리입니다.

교육의 초점이 아이들의 올바른 성장과 발전에 맞춰지는 진정한 학교의 변화를 읍소합니다.

불변

다짐

교사를 20년 넘게 했습니다.

제법 많은 경험을 했습니다.

그 경험의 끝을 향해 달리는 시점에서 새로운 다짐을 합니다.

아침마다 아이들을 하이파이브로 맞이하겠습니다.

아이들이 하고 싶은 이야기 다 하도록 하겠습니다.

수업시간에 쫓겨 아이들의 이야기 막지 않겠습니다.

학습량을 먼저 정하고 아이들을 몰아가는 수업을 하지 않겠습니다.

아이들이 쉬워하는 배움은 빨리 가고 어려워하는 배움은 천천히 가겠습니다.

학습량을 아이들의 배움 속도에 맞추겠습니다.

교육의 본질과 어긋난 문서 중심의 학교 교육활동에는 태업하겠습니다.

아이들과의 교육활동을 최우선으로 하겠습니다.

교육 본질에서 어긋난 학교 교육활동은 그다음입니다.

관리자와 동료 교사의 비난에 대응하지 않고 묵묵히 갈 길을 가겠습니다.

좀 일찍 출근하고 정시에 퇴근하겠습니다.

아이들과 하이파이브를 나누기 위해서 좀 일찍 출근하겠습니다.

학교 근무시간에는 교재 연구와 업무처리 하겠습니다.

교재 연구를 1순위로 하겠습니다.

업무처리는 그다음입니다.

업무처리 때문에 퇴근 시간을 미루지 않겠습니다.

다하지 못한 업무와 함께 퇴근하지 않겠습니다.

퇴근 후에는 아이들과의 오늘 활동을 천천히 뒤돌아보겠습니다.

그리고 내일을 위한 나의 시간을 갖겠습니다.

협의회 시간에 다른 생각을 꾸준히 제기하겠습니다.

동료 교사들에게 교육 본질 회복을 꾸준히 주장하겠습니다.

관리자에게 민주적인 학교 문화와 교육 본질 회복을 위한 구조 조정의 필요성을 웃으며 제기하겠습니다.

그리고 새로운 경험의 기간에 오늘의 경험으로 성찰하겠습니다.

아련하니 보고 싶구나!

민주주의 실천

교사가 민주주의를 모른다는 주장에 비분강개할 분들이 많을 것입니다. 하지만 사실입니다. 정확히 말하면 민주주의 뜻은 알지만, 실천은 문외한입니다.

우리나라처럼 학교 문화도 권력자-관리자-에 의해 좌지우지되었습니다. 권력자가 이것이 민주적인 문화이니 이렇게 하자고 강조하면 그렇게 했습니다. 그리고 그 학교는 민주적인 학교 문화가 꽃피웠습니다. 그리고 그 문화가 이어지고 있습니다. 어찌 보면 민주적인 학교 문화를 강조하는 이 시대에 더 강화되고 있는지도 모르겠습니다.

민주적인 학교 문화를 강조하는 관리자가 있습니다. 그런데 이

분은 교무실을 세분화했습니다. 사무기기 공간, 민원인과 소수의 사람을 위한 작은 휴게 공간, 교감을 비롯한 교무행정원의 사무공간으로 분리했습니다. 그나마 교무실이 전교 직원이 모여서 이야기할 유일한 공간이었는데, 이제는 과학실을 비롯한 다른 공간을 찾아다니는 신세가 되었습니다. 불안한 공간에서 어찌 자유로운 의견이 나오고 평등한 의사결정을 할 수 있겠습니까? 전체가 모여서 편안하게 자유롭게 의사를 표현할 수 있는 최소한의 공간이 없는 학교에서 어떤 민주적인 학교 문화가 꽃피겠습니까?

모든 결정을 혼자 하는 분이 있습니다. 하지만 교직원 회의를 할 때는 음료수와 약간의 간식을 가져다 두고 원탁 비슷한 환경을 조성합니다. 그러나 진행방식은 상명하달이며 협의보다는 업무지시와 업무 공유 중심입니다. 어쩌다 토의 주제가 던져지면 해결을 위한 자유로운 토의와 토론보다는 '돈이 없다. 불가능하다. 우리 학교는 원래 그렇다. 지금까지 잘 견뎌왔다' 등으로 싹둑 잘라버립니다. 그리고 회의 끝에는 항상 아이들이 하는 놀이를 교사에게 강요합니다. 이분에게는 이 놀이가 민주주의적인 학교 문화입니다.

관리자에 의해 주어진 학교의 민주주의가 심각하게 우리 교육을 방해하고 있습니다. 교사의 자유로운 학급경영과 교육활동을 보장하기 위한 상부 기관의 공문이 하달되어도 관리자는 끄떡하지 않습니다. 여전히 쓸데없는 형식적인 계획서와 보고서를 강요합니다.

내실보다는 외형을 강조하니 학부모를 비롯한 공간적인 외부인은 실상을 알지 못합니다. 일회성 관람으로 학교를 칭찬합니다. 그리고 관리자는 이 칭찬에 중독됩니다. 그래서 평소의 교육활동에는 큰 관심이 없습니다. 오직 일회성 관람객을 위한 교육활동에 학교 구성원들을 집중시킵니다.

가장 큰 문제는 모든 교육활동이 관리자의 검열에 의해 재단됩니다. 교육의 질이 교사의 질을 넘지 못한다는 말처럼 학교 교육도 관리자의 질을 절대 넘지 못합니다. 많은 관리자가 교사를 관리와 교화의 대상으로 여깁니다. 장학지도처럼 못한다는 전제를 깔고 교사를 대합니다. 교사의 교육 내용이 좋아도 선뜻 지원하기보다 이런저런 이유를 들어 본인의 의도대로 유도하여 누더기를 만듭니다.

교육의 변화를 원하는 많은 교사들이 이 검열을 극복하기 위하여 고군분투하고 있습니다. 아이들의 바른 성장과 발전을 위한 많은 동호회와 소모임에 참여하여 전문성을 신장시키지만, 이 검열의 장벽을 넘는 교사는 소수입니다.

관리자에 의해 주어진 학교 민주주의는 분명한 한계성이 있습니다. 지금 우리는 그 한계성을 눈으로 보고 온 몸으로 느끼고 있습니다.

어느 심리학자는 우리나라가 사춘기에 접어들어 한참 동안 희망적인 혼란기에 접어들 것이라고 합니다. 학교도 사춘기에 접어든 것 같습니다. 하지만 희망적인 사춘기가 되기 위해서는 교사를 포함한 학교 구성원들에 의한 학교 민주주의를 이루어야 합니다.

옆 반 선생님과 연대하고 아픈 선생님을 위로하며 바른 성장과 발전을 위한 자유롭고 정의로운 대화를 함께 주도해야 합니다.

탄탄한 연대가 학교 민주주의 뿌리입니다.

적극적인 책임과 참여를 강조하는 시의 패러디로 마무리합니다.

교무회의에서 부당함을 호소하는 동료를 보았을 때
나는 아무 말도 하지 않았다.
나는 그 부당함을 감내할 수 있으니까.

관리자가 그 부당함을 주장하는 교사를 노골적으로 비난할 때
나는 침묵했다.
나는 관리자의 비난을 모면했으니까.

관리자가 전교조 조합원을 교묘하게 압박할 때
나는 항의하지 않았다.
나는 전교조 조합원이 아니니까

관리자가 학교를 이리저리 농단해도
나는 방관했다.
나는 농단 당하지 않았으니까

마침내 관리자가 나를 비난하고 모함할 때는
나와 함께 항의해줄
그 누구도 남아 있진 않았다.

어우러지니 참 예쁘다. 예쁘다.

2장

불온한 생각

불온한 생각

대한민국이라는 국가의 발전-정확히 말하면 국가 권력자가 생각하는 이념과 가치-을 절대시하여 개인의 희생을 강요하고, 나라의 발전을 위해서는 정의롭지 못한 것들에 고개 돌리는 침묵을 미덕으로 포장시킨 원죄는 학교라는 것이 나의 판단이다.

그리고 창의성을 강조하면서 자유로운 의사 표현과 결정의 평등을 거부하고, 생산적인 사고활동을 강조하면서 구성원의 독립성과 열정을 무시하는 학교가 건전하게 발전할 수 없다는 것이 나의 판단인데, 지금까지 학교가 튼실하게 자리를 지켜온 것은 우리 사회가 민주주의보다 전체주의에 가까웠기 때문이다.

2017년이 우리 사회가 전체주의에서 실질적인 민주주의로 전환되는 기점이라 판단한다. 그래서 걱정이다. 전체주의적인 사고에 갇혀 있는 학교가 어떻게 민주주의 사회에서도 그 자리를 튼실하게 지킬 수 있을까? 모든 것을 통일시키는 학교 문화와 구조, 구성원의 전문성과 열정을 저해시키며 끝없이 샘솟는 전체주의 발상이 학교의 기능을 상실시키고 있다. 존재 가치가 위협받는 학교다.

나만의 불온한 생각이다.

신용카드
돌려막기 정책

도 교육청의 어떤 부서에서 어떤 업무를 교사가 하지 말아야 할 업무로 분류하여 공문으로 내려보냅니다.

도 교육청의 또 다른 부서에서는 똑같은 업무를 교무실과 행정실의 미구분 업무로 분류하여 공문으로 내려보냅니다.

학교는 어떻게 해야 합니까?

왜 도 교육청은 같은 업무를 부서별로 다르게 해석하여 학교 내의 갈등을 더 심화시킵니까?

특별한 관리자 아니면 이런 문제 학교에서 해결하지 못하는 것 아시잖아요?

우선만 넘기자는 신용카드 돌려막기 정책은 학교의 갈등만을 조장합니다.

더디지만 근본적인 대책으로 근본을 해결하는 교육정책을 기대합니다. 기대하겠습니다.

부담되는 2월

몇 해 전부터 3월 인사 발표가 2월 중순 이전으로 당겨지더니 올해(2017)는 2월 초순으로 대폭 당겨졌습니다. 좋은 일입니다. 인사이동에 따른 이사와 새로운 학년과 업무에 대해 설계를 할 수 있는 여유를 가질 기회가 주어진다는 것이 얼마나 좋은 일입니까?

그런데 현실은 그렇게 돌아가지 않은 것 같습니다. 무엇을 위한 2월인지에 강한 의문을 던집니다.

신임지 학교에서 업무 메일로 학년 배정과 업무 희망서를 작성해 보내라고 합니다. 그리고 2월 셋째 주 어느 날 오면 학년과 업무 발표를 하고 이후로는 학년 교육과정(평가 포함)과 업무 파악과

계획을 수립하라고 합니다.

소중한 2월을 문서 작성하는 시간으로 활용하라는 것입니다. 그것도 현재의 학교 문화로는 학기가 시작되면 의미가 퇴색되는 문서 작성에 시간을 사용하라는 것입니다.

부담만 되고 의미가 없어지는 2월을 소중한 2월로 만들기 위해서 근본적으로 해결해야 될 것을 제안합니다.

기득권 포기하고 동등한 조건에서 출발해야 합니다. 기존의 학교에 근무하는 교사에게 우선적으로 학년과 업무를 배정하고, 전입하는 교사에게 나머지를 배당하는 관행을 없애야 합니다. 업무 메일로 학년과 업무를 먼저 요구할 것이 아니라, 기존 교사와 전입 교사가 한자리에 모여 학교 현황을 비롯한 학생과 부모님들의 요구사항, 학교의 강점과 약점, 비전, 목표, 중점과제 등에 대한 설명과 논의가 먼저 이루어져야 합니다.

그다음으로 교사들의 강점과 희망에 의한 학년과 업무 배정이 이루어져야 합니다. 쉬운(?) 학년과 업무는 기존 교사에게 우선 배정하고, 어려운 학년과 업무를 전입 교사에게 배정하면-대부분 어려운 업무가 그 학교가 일 년 동안 중점적으로 추진해야 될 내용으로 더 많은 신경을 써야 될 경우가 많음- 어떻게 되겠습니까?

관리자의 약속이 우선되어야 합니다.

아이들의 성장과 발전을 위해 2월을 알차게 보냈습니다. 그다음은 알찬 계획을 꾸준히 실천하는 것입니다. 그런데 알찬 계획을 준비하는 2월에는 관리자가 입 꾹 다물고 있다가 실천하는 단계에서 이것저것 간섭을 합니다. 어떤 경우에는 원점에서 다시 시작하는 경우도 있습니다. 특히 관리자가 바뀐 경우라면 더 그렇습니다.

관리자도 2월에 동등하게 참여하여 경험의 지혜를 공유해야 합니다. 그리고 평등하게 결정된 교육활동을 존중하여 잘 실천될 수 있도록 행정적인 지원을 아끼지 않아야 합니다.

교육청(교육지원청 포함)의 노력도 있어야 합니다.

학기 중간에 이것저것 학교에 강요하면 안 됩니다. 도 교육청에서 교육의 내실을 위해 부담스럽고 바쁜 2월을 만들었으면 그 목적을 일 년 내내 잊으면 안 됩니다. 오히려 2월의 알찬 계획이 잘 실천될 수 있도록 학교의 눈치(?)를 살피며 정책을 펼쳐야 합니다.

하지만 지금까지는 학기 중간에 불쑥불쑥 새로운 정책을 학교에 던집니다. 그러면서 융통성 있게 적용하라고 합니다. 융통성은 목적을 쉽고 더 내실 있게 이루려고 할 때 사용되는 용어이지 즉흥적이고 무계획적인 것을 변호하기 위한 것이 아닙니다.

물론 국가나 교육부에서 갑자기 요구하는 경우가 있을 것입니다. 이럴 경우에 학교의 눈치를 살피며 융통성을 발휘하고 국가나 교육부에 학교 현장을 설명하는 적극적인 모습을 보여 주십시오.

지금보다 더 학교 현장을 지원하고 보호하려는 적극적인 교육청의 변화가 있어야 바쁜 2월의 의미가 사라지지 않습니다.

어떤 이는 2월을 빼앗겼다고 합니다.
어떤 이는 2월의 참다운 모습이라고 합니다.
저에게는 바쁘고 부담스러운 2월이 되었습니다.

2월을 빼앗긴 이는 빼앗기지 않았을 때 우리 아이들을 위해서 2월을 어떻게 활용했는지를 생각하고, 2월을 참다운 모습으로 바라보는 이들은 아이들을 위한 참다운 2월의 의미를 살리고, 저처럼 2월을 바쁘고 부담스럽게 생각하는 이들은 그 바쁨과 부담스러움이 문서 작성에만 머무르지 않고 아이들의 성장과 발전으로 이어지도록 노력해야 합니다.

새롭게 다가오는 2월의 의미로 기대와 부담감이 교차합니다.

산수유꽃

어느 교장 선생님의 지혜

- 앎이 집단의 실천으로 이어지는 전문성

"내년에 우리가 아이들을 위하여 해야 할 일을 의논하여 구체적인 계획을 세우고 실행해 봅시다." 워크숍을 앞둔 한 교장 선생님의 말씀입니다.

'그냥 올해 했던 것 수정 보완해서 내년에 하면 되는데 왜 일을 복잡하게 만들지!' 선생님들의 생각입니다.

이어서 교장 선생님 한 말씀 더 하십니다.

"교장이 하라고 하는 것 하면 선생님들 학교생활이 편하다는 것 알고 있습니다. 하지만 저는 선생님들의 그런 편안한 생활을 보장하고 싶지 않습니다. 우리 학교 아이들을 위하여 우리가 할 수 있는 것을 고민하여 실행해 옮기는 것이 우리들의 전문성 아닙니까? 그런 전문성을 발휘하는 선생님이 되면 좋겠습니다. 고민, 협의, 계획 수립, 실행, 수정하는 학교생활이 힘들 것입니다.

그런 힘든 선생님이 되면 좋겠습니다. 그리고 힘든 의사소통의 과정을 무조건 존중하겠습니다."

혼란스러웠다고 합니다. '과연 교장 선생님이 선생님들의 의사소통 결과를 존중할까? 실컷 결정한 것을 말 한마디로 번복시키지 않을까? 쇼하는 것 아닐까?'

그래서 의심하는 마음으로 선생님들이 협의한 것을 교장 선생님이 결정하도록 했다고 합니다. 하지만 교장 선생님은 "선생님이 결정한 대로 하세요. 제가 도와야 하는 것만 이야기하세요. 단, 교장도 알 권리가 있고 책임져야 할 부분이 있어서 결정된 것을 정확하게 알려주십시오"라는 이야기만 반복했다고 합니다.

힘들었다고 합니다. 아이들에게 필요한 교육활동을 찾고 협의하여 실행하고 수정, 보완하는 학교생활이 어려웠다고 합니다. 학교 내의 집단지성으로 안 되는 부분을 연수와 전문가 초빙, 선행사례 등의 연구로 해결하는 과정이 힘들었다고 합니다.

하지만 지금은 학교 구성원의 대부분이 '이것이 교사의 전문성이다!'라는 것에 공감하고, 수시로 있는 협의회와 워크숍에서 힘든 일을 웃는 얼굴로 해결하기 위해 노력하고 있다고 합니다.

친구에게 술 한 잔 사고 들은 귀한 이야기입니다.

'정말 좋은 분들 많구나!'

'자유롭고 평등한 학교를 위해 애쓰는 분들 많구나!'

학교 구성원의 전문성을 저해하는 요인을 억압과 불평등에서 찾습니다. 전문성 신장은 구성원들의 자유로운 생각 표출과 표출된 자유들에 대한 평등한 결정이 관건입니다. 여기에 경험의 지혜들이 공유되면 금상첨화입니다.

표출의 자유가 있어야 집단지성으로 해결해야 할 존재가 태어납니다. 이러한 존재들이 평등한 공감구조에서 결정될 때 집단지성의 마법이 생깁니다. 이 마법과 마법이 생성되고 실천되는 과정이 학교 구성원들의 전문성입니다.

우리는 전문성을 개인의 기능(機能)이라는 틀로 가두고 있습니다. 학교 구성원들의 전문성은 개인적인 기능이 아닙니다. 이 기능이 억압받지 않고 자유롭게 공유될 때 전문성이라는 생명을 얻습니다. 기능에 자유와 평등을 보장할 때 실천이 가능합니다. 이 실천되는 앎이 전문성입니다.

개인의 기능적인 전문성보다 학교 구성원들의 집단적인 실천의 전문성이 꽃 피는 학교가 성장하고 진화하는 학교입니다.

어느 교장 선생님을 통해 그런 학교를 꿈꿉니다.

매화 1

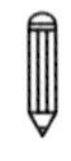

나는 아나키스트다

- 천재가 될 수 있을까?

> 천재란 많은 것을 외우고 아는 사람이 아니다. 천재란 대다수 사람이 상식이라고 믿는 개념과 구조에 반기를 들고 싸운 사람들이다. 그리고 그 반기가 나중에는 주류의 깃발이 된 것이 인류 발전의 역사이다. 지동설이 그랬고, 상대성의 원리가 그랬고, 민주주의 역사가 그랬다. 그러나 우리 사회는 아직도 이들 중 상당수가 음지에 머물러 있다. 어쩌면 이것이 '헬조선'이란 말이 나오는 뿌리가 아닌가 싶다. 그래서 이들의 지난했던 삶은 우리에게 공통으로 묻고 있는지도 모른다. '너희들의 시대는 나의 시대와는 다른가?'라고
>
> -『조선이 버린 천재들』, 이덕일, 옥당, 저자 서문 중에서-

아이들을 잘 가르치고 싶었습니다.

학습 자료를 많이 만들었습니다.

학습 자료를 잘 만들어 전국 1등급을 몇 번 했습니다.

하지만 학습 자료로 아이들을 잘 가르칠 수 없었습니다.

교수법에 대한 공부를 하였습니다.
학습지도 연구대회에서 입상도 하였습니다.
하지만 교수법으로 아이들을 잘 가르칠 수 없었습니다.

아이들을 이해하기 위해서 생활지도와 상담에 많은 시간을 투자했습니다.
아이들을 좀 더 깊이 이해하는 계기가 되었습니다.
하지만 생활지도와 상담활동으로 아이들을 잘 가르칠 수 없었습니다.

독서와 프로젝트에 열정을 쏟았습니다.
나만의 독서 지도로 독서의 생활화에 많은 도움을 주었습니다.
프로젝트로 자기 주도적인 학습이 가능한 아이들이 생겼습니다.
하지만 독서와 프로젝트로 아이들을 잘 가르칠 수 없었습니다.

리더십과 진로 교육을 더하여 통합하고 융합했습니다.
역시 아이들을 잘 가르칠 수 없었습니다.

교사가 자기 주도적으로 아이들을 가르칠 수 없는 학교 구조가 문제였습니다.

아이들과 교사가 교육활동을 결정할 수 없는 학교에서 아이들을 잘 가르칠 수 없다는 생각을 가졌습니다.

다양성을 강조하고 창의성을 강조합니다.

능력보다 직위로 결정되는 폐쇄적인 의사결정 구조의 학교에서 교사들의 다양하고 창의적인 수업은 획일적으로 변하기 마련입니다.

학교의 의사결정 구조를 변화시키고자 합니다.

교육법을 바꾸는 것이 가장 좋을 것입니다.

하지만 마음이 소심하여 학교 밖의 정치 투쟁은 하지 못합니다.

그래서 제도가 허용하는 최대한의 둘레에서 의사결정 구조를 변화시키고자 합니다.

그 가능성을 실험하고 결과로 학교의 변화를 이루고자 합니다.

교사의 한계를 극복하지 못한 실패한 교사가 관리자로 옮겨타려는 이유입니다.

가능성을 보았습니다.

자유와 평등의 아나키즘으로 가능성을 보았습니다.

역사 속의 천재들로 가능성을 보았습니다.

교육은 교사의 질을 넘을 수 없다고 했습니다.

교육의 질을 수업 방법의 개선으로 높이려고 하는 것이 현재의 우리들입니다.

하지만 다른 생각을 합니다.

학교 구조가 바뀌지 않으면 교사의 질이 높아도 교육의 질은 높아지지 않고 마음속에만 머뭅니다.

마음속에 머무는 교사의 높은 질을 교육의 높은 질로 유도하는 방법은 자유와 평등의 학교 실현입니다.

많은 방법을 찾고 있습니다.

실현 가능한 많은 방법을 찾아 천재가 되고 싶습니다.

그래서 다음 세대의 교사는 나의 세대와 다른 교사가 되어 있기를 바랍니다.

아나키스트는 무정부주의자가 아니다. 번역의 오류다. 매화 2

시골 학교

시골의 작은 학교가 좋다.

한 평생 그 아이들만 바라보며 살고 싶다.

그냥 좋다.

아이들의 숫자가 적어서 좋은 것이 아니다.

행정업무가 적어서 좋은 것이 아니다.

구성원들이 좋아서 좋은 것이 아니다.

아이들이 여전히 순박하다.

나름대로 까불어도 여전히 순박하다.

까부는 도가 심해도 학교폭력으로 이름 짓기에는 너무 순박하다.

학교폭력이 없다.
선행학습이 없다.
가르칠 것은 많다.
그래서 좋다.

인사이동으로 도시의 교사들이 시골 학교로 떠밀려온다.
시내와 가까운 시골 학교로 가겠다고 난리다.
편안하게 쉬어 갈 학교를 찾는다고 난리다.

그 교사들이 이야기한다.
학교폭력이 없어서 좋다고 이야기한다.
애먹이는 학부모 없어서 좋다고 이야기한다.
아이들이 적어서 좋다고 이야기한다.
그 교사들의 웃음꽃이 만발이다.

학교폭력 없는 대신 필요한 것 더 많다.
애먹이는 학부모 없는 대신 더 따뜻한 손길이 필요하다.
따뜻함으로 위장한 손길보다 더 냉정한 사랑이 필요하다.
아이들이 적은 대신 더 똑똑한 수업이 필요하다.

공부하자!
시골 학교의 장점을 살리는 공부하자!

교사 실력만을 위한 배움보다 아이들의 지속적인 성장을 위한 배움에 몰입하자! 그리고 실천하자!

우선 잘 보이겠다고 달콤한 사탕만 던지지 마라.

그 사탕으로 아이들의 성장판이 녹는다.

그 사탕이 교육이라고 생각한다면 자격 없다.

좋은 이에게, 사랑하는 이에게 더 잘하는 것이 사람의 근본이다.

좋은 학교, 좋은 아이들, 좋은 학부모에게 더 잘하는 것이 교사의 양심이다.

양심을 켜자! 제대로 작동시키자!

그리고 그 양심으로 답하자.

좋다!

근무 기간은 짧았지만, 추억은 많다. 벚꽃

바보 교육

에너지 절약 교육을 했다면, 안전한 사용법을 알려줬다면 더울 때 교실 에어컨을 켤 권리를 아이에게 주십시오. 추울 때 교실 난방기 켤 권리를 아이에게 주십시오. 아이들이 적당한 온도 찾게 하십시오.

날씨에 대응하지 못하는 바보로 만들지 마십시오!

재활용 준비물은 아이가 수집하게 하십시오. 과제 여부만 확인하고 아이가 스스로 하도록 두십시오. 준비물 잘 챙겨 오지 않는다고 담임이 다 챙겨주지 마십시오. 단 준비물이 없다고 학습권은 박탈하지 마십시오.

스스로 아무것도 못 하는 바보로 만들지 마십시오!

잘했다고 사탕 사주지 마십시오. 상품권 남발하지 마십시오. 칭찬도 남발하지 마십시오. 상도 남발하지 마십시오. 제일 큰 보상은 아이가 느끼는 성취감입니다. 상품으로 아이의 성취감을 빼앗지 마십시오.

뭣이 중한 것도 모르는 바보로 만들지 마십시오!

경쟁의 결과로 상 주지 마십시오. 배려와 협동을 배우지 못합니다. 배려와 협동의 결과로 성취감을 갖게 하십시오. 함께 사는 사회를 만들어야 아이들의 미래가 행복합니다.

사람을 경쟁으로만 여기는 바보로 만들지 마십시오!

교과서 내용을 가르치지 마십시오. 교과서 내용으로 공부하는 방법을 가르치십시오. 지속 가능한 학습 능력을 길러 주십시오. 쏟아지는 지식을 걸러내고 선택해야 미래 세대입니다.

현재에 머물러 있는 바보로 만들지 마십시오!

교육적인 위기도 필요합니다. 지나친 안전은 아이의 위험 감수성을 저하시킵니다. 위험 감수성이 뛰어난 아이가 안전을 추구합니다.

나의 안전을 남에게 맡기는 바보로 만들지 마십시오!

다 아는 얘기들입니다. 지루하고 고루한 얘기들입니다. 그렇습니다. 그런데 우리는 어느 정도 실천하고 있습니까?

우리 학교, 우리 학급에 맞는 실천을 하고 있습니까?

실천은 엄두도 못 내면서 말로만 떠벌리고 있지 않습니까?

말이 실천이 되는 우리가 됩시다.

아이를 바보로 만드는 바보 교육 그만합시다.

함께 실천합시다!

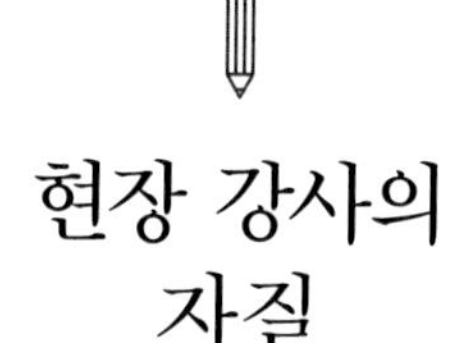

현장 강사의 자질

이론과 적용은 다릅니다. 이론은 완벽한 조건일 때 제대로 적용됩니다. 하지만 현실은 완전하지도 완벽하지도 않습니다. 온갖 변수와 불안함이 공존하는 공간입니다.

봉투 속의 꽃씨는 실제로 70%가 싹이 튼다고 합니다. 이론도 환경에 맞게 수정되어야 현실에 뿌리를 내릴 수 있습니다.

교육 이론도 학교 현장에 맞게 수정되어야 합니다. 교육 이론 그대로 가르쳐지지 않습니다. 삶과 배움의 환경에 맞게 변화된 실천적 이론으로 가르쳐야 합니다. 교사의 전문성입니다.

교사에게 보고, 읽고, 들은 것은 아는 것이 아닙니다. 해본 것이 아는 것입니다. 추측하고 짐작하는 능력이 아는 것이 아닙니다. 추측하고 짐작한 것을 실천하여 얻은 지혜가 아는 것입니다.

교육 이론대로 선동하는 강사 하면 안 됩니다. 교육 이론을 학교 현장에 적용하여 얻은 지혜를 공유해야 합니다. 실천적 지혜로 잔잔한 바람을 일으키는 강사가 되어야 합니다. 현장 강사의 자질입니다.

농사를 준비하는 밭 그리고 벚꽃

다르다

다름을 강조합니다.

다르니까 배려하고 포용하라고 강조합니다.

다르니까 타협으로 결정하라고 강조합니다.

학교 구성원의 생각은 다릅니다.

다양한 생각만큼 교육 철학도 다릅니다.

수업에 대한 철학도 다릅니다.

생활지도에 대한 가치관도 다릅니다.

같은 대상과 현상을 보는 관점도 다릅니다.

그런데 틀리다로 결정합니다.

한(one) 사람의 생각만이 옳다고 결정합니다.

교육 철학도 한 사람의 생각이 진리라고 강조됩니다.
수업의 관점도 한 사람의 생각이 옳다고 강조됩니다.
생활지도도 한 사람의 인식이 강조됩니다.
교육활동도 한 사람의 욕심으로 채워집니다.
같은 대상에 대한 관점도 한 사람의 가치관이 우선입니다.
같은 현상에 대한 관점도 한 사람의 경험이 우선입니다.

'다르다'로 결정해야 합니다.
'다르다'로 결정해야 다양한 의견이 쏟아집니다.
'다르다'로 결정해야 학교 구성원이 존중받습니다.
'다르다'로 결정해야 배려와 포용의 싹이 틉니다.
'다르다'로 결정해야 타협의 지혜가 싹틉니다.
'다르다'로 결정해야 다양한 경험과 가치관이 존중받습니다.
'다르다'로 결정해야 한 사람의 수준을 뛰어넘을 수 있습니다.

다름을 강조하며 틀림으로 결정하는 모순된 한 사람.
가까운 당신일 수 있습니다.
다름으로 절충하고 타협하는 지혜로운 한 사람.
먼 당신일 수 있습니다.
먼 당신을 가까운 당신으로 함께 만듭시다.

한글교육

한글을 생각합니다. 학교에서 한글을 생각합니다. 학교에서 한글을 바르게 사용하고 있는가를 생각합니다. 한글교육을 제대로 하고 있는가를 생각합니다.

한글을 읽는데 내용을 모르는 아이들이 많습니다. 문해력(文解力)이 나날이 떨어지고 있습니다. 한글로 쓰고 영어로 뜻을 알려주고 있습니다. 한글을 문화적으로 가르치지 않습니다.

우리는 선조들이 한글을 지키기 위해서 피를 흘린 이유를 압니다. 한글에 우리 문화가 있기 때문입니다. 하지만 지금은 일제강점기도 아닌데 한글의 위기입니다. 우리 문화 전승의 위기입니다.

한글 결코 쉽게 배우는 글자 아닙니다. 한글 속의 우리 전통문화를 함께 배우는 고되고 끝이 없는 배움입니다. 입학 전에 한글 줄줄 읽는 것은 중요하지 않습니다. 뜻을 제대로 알고 읽는가가 중요합니다.

학교 교육과정을 펼쳐보십시오. 한글을 영어로 옮기고 다시 영어 첫 알파벳을 한글로 만들었습니다. 한심합니다. 내용을 압축하여 다듬고 싶으면 내용에 맞는 한글을 찾는 노력을 해야 합니다. 바로 잡아야 합니다. 학교에서 이러면 안 됩니다.

뜻을 아는 한글교육으로 바꿉시다. 영어 단어 찾는 것만큼 한글 뜻을 찾게 합시다. 뜻 속에 숨어 있는 조상들의 문화를 함께 배웁시다. 학교에서만큼은 외국인이 비웃는 파괴된 외국어 남발하지 맙시다. 학교에서만큼은 알파벳으로 쓴 말도 안 되는 영어를 한글로 의미를 부여하지 맙시다. 한글을 파괴하는 교육이 외국어 교육이 아님을 분명하게 합시다.

학교에서 안 하면 어디에서 하겠습니까?

경남 진주시 유등축제 중 진주성 전투

나만 꾸는 꿈

존경하는 교장 선생님과 좋은 저녁 자리를 가졌습니다. 졸라고 졸라서 겨우 만났습니다. 둘이 만나면 서먹해서 좋은 친구와 함께 만나려 했더니 좋은 후배 두 명이 더해졌습니다.

대학 다닐 때 교육실습이 인연이 되었습니다. 그 당시 대수롭지 않은 작은 몸짓에 칭찬을 아끼지 않으셨습니다. 대학 공부를 못하는 나에게 좋은 교사의 꿈을 심어주셨습니다. 교사가 수업을 두려워하면 안 된다는 신념을 심어주셨습니다.

교직의 안락함에 몸을 묻고 있을 때, 욕심만 가득 차서 이리저리 부딪히며 갈피를 잡지 못할 때, 나만의 의협심으로 관리자와 갈등의 칼날을 세우고 있을 때, 오만한 자만심으로 동료와 선배의 가슴에 칼날을 들이밀 때, 내가 보는 하늘이 전부라며 이리저리 날뛰며 들쑤시고 다닐 때, 필연적으로 만나져서 방향을 바로 잡아 주신 분입니다.

그때그때 유행하던 좋은 교사의 자질을 겨우겨우 넘기며 교육 공동체가 행복한 학교를 꿈꾸고 실현할 방법을 갈구하게 되면서 무엇보다 아이들의 행복한 성장과 발전이 중요함을 깨닫고, 아이들의 삶과 공부가 함께하는 우리 학교의 수업방법을 찾으며 우리 학교만의 프로젝트 수업을 연구하고 실천하게 되었습니다.

프로젝트 수업으로 교사는 아이들의 행복한 성장과 발전을 위한 수업 연구에 매진하는 행복을 찾고, 학부모는 아이들의 행복한 성장과 발전을 위한 건강한 몸과 바른 심성을 갖추는 것에서 행복을 찾고, 지역 사회는 아이들의 행복한 성장과 발전을 위한 안전망 구축으로 행복을 찾아서 학교와 학부모와 지역 사회가 한데 어우러져 웃고 우는 행복한 학교를 그렸습니다.

이상적이고 추상적인 큰 그림이 아닙니다. 현실적이고 구체적인 실천 중심의 교육과정을 만들면 가능합니다. 쓸데없는 욕심으로 여기저기 튀어나온 학교의 살들을 싹둑 자르면 됩니다. 관리자가 행정업무 조금만 거들면 됩니다. 관리자가 조절과 신뢰의 리더십을 발휘하면 됩니다. 교사가 형식적인 NEIS의 시수 맞추기 늪에서 빠져나오면 됩니다. 학부모도, 지역 사회도 조그맣게 함께 시작하면 됩니다.

하지만 잘 안 됩니다. 같이 하지 않으려 합니다. 이리저리 이야기해도 자꾸 옛날로 돌리려고 합니다. 보고 배우지 못한 당신들의 한계를 콕 찔러서 아쉬움을 지적하고 싶지만 새로운 갈등을 막기 위해 물러섭니다. 나만 꾸는 이루지 못할 꿈인지 마음이 어지럽습니다. 마음을 정리하고 싶었습니다. 오늘 교장 선생님을 만난 이유입니다.

복잡한 마음 탈탈 털었습니다. 뜻을 같이하는 친구-관리자, 동료 교사, 후배 교사-들 만나기 힘들 것이랍니다. 교장 선생님의 주변에도 찾기 힘들다고 합니다. 서먹함을 달래는 친구는 아까부터 입꼬리를 연신 올립니다. 더불어 만난 후배 두 명도 지글거리는 장어에게로 눈길을 자꾸 돌립니다.

집으로 돌아오는 택시에서 어지럽게 돌아가는 싸구려 LED 광고판의 문구가 자꾸 떠오릅니다.

'나만 꾸는 꿈'

고사리

삶과 배움이 함께하는 텃밭

학교 뒷마당에 주무관님의 도움으로 아주 작은 텃밭을 만들었습니다. 텃밭보다는 과학 실습지가 더 어울리겠습니다. 1학기에는 강낭콩과 옥수수를 심어서 한살이를 관찰했습니다. 가로, 세로, 높이를 재서 넓이와 부피도 구했습니다.

도시 학교에서는 화분이나 재배 상자로 식물의 한살이를 관찰하기 때문에 제대로 되지 않습니다. 하지만 시골 학교는 마음만 먹으면 작은 실습지를 만들어 한살이를 완벽하게 관찰할 수 있습니다.

아이들이 직접 심고 재배하고 관찰한 것을 글과 그림, 말로 표현하는 생동감 있는 수업을 할 수 있습니다. 꼬리에 꼬리를 무는 질문이 넘쳐납니다. 적절한 노동으로 노동의 신성함도 배웁니다. 농사짓는 부모님의 노고도 어렴풋이 느낍니다.

시골 아이들이라 농사일에 대해서 다 알 것으로 생각합니다. 텃밭 학습의 의미가 없다고 주장합니다. 하지만 시골 아이들도 농사일이 생소합니다. 예전처럼 시키지 않습니다. 공부만 열심히 하라고 합니다. 농사짓지 못하게 하려고 더 시키지 않습니다. 그래서 시골 아이들도 건성으로 농작물을 볼 뿐 제대로 알지 못합니다.

그래서 학부모님들에게 농사짓기 위한 텃밭이 아니라 공부를 위한 텃밭이라고 설명해야 합니다.

텃밭을 통해 다양한 프로젝트 학습이 가능합니다. 넓이, 부피, 높이, 분류, 연산 등의 수학 공부에 적용할 수 있습니다. 예측, 관찰, 추리, 추론, 분석 등의 과학 공부에 적용할 수 있습니다. 그리기를 비롯한 표현하기 등 미술 공부에 적용할 수 있습니다. 알게 된 점과 느낌을 글과 말로 표현하는 국어 공부에 적용할 수 있습니다. 농요를 비롯한 우리 조상들의 노동요를 접할 수도 있습니다. 노력에 비해 턱없는 가격으로 판매되는 농산품으로 농민들의 애타는 마음도 느낄 수 있습니다. 생태 공부, 환경 공부, 인성 공부가 저절로 됩니다. 수확은 덤입니다.

학교 텃밭을 농작물만을 재배하고 수확하는 기능에서 놀며 배우는 학습의 장으로 전환해야 합니다. 수확의 욕심과 견학 기능에 치우친 텃밭 가꾸기는 배움이 아니라 욕심 채우기와 이벤트입니다. 지나치게 넓어서 노동을 강요하는 텃밭은 크기를 조정해야 합니다. 무의미한 노동만을 강요하는 텃밭 가꾸기는 노동을 욕되게 합니다.

학교 텃밭은 시골 학교 학생들의 성장을 위한 소중한 교실입니다. 삶과 배움이 함께하는 텃밭을 만들어 봅시다.

1학기 관찰과 프로젝트가 끝난 작은 텃밭에 김장 배추를 심어서 아이들과 관찰하며 여러 가지 생각 거리를 만들 계획이었다. 그런데 1학기 배추흰나비 관찰을 끝내고 심어 놓은 케일에 배추흰나비 애벌레가 출몰했다. 마지막 번식을 위한 배추흰나비의 처절한 몸부림이었겠지? 이놈들 때문에 성한 배추가 없는데 아이들은 한사코 애벌레를 잡으면 안 된다고 난리다. 그대로 존중했다.

창씨 개명된 우리 풀꽃

> 사광이아재비꽃이 지천이다. 일제에 의해 창씨 개명된 우리 꽃 사광이아재비꽃! 흔히 며느리밑씻개로 불린다.
>
> - 『창씨 개명된 우리 풀꽃』, 이윤옥, 인물과 사상사, 114쪽 -

저 꽃 이름이 뭐예요?

저 식물 이름이 뭐예요?

저 나무 이름이 뭐예요?

나도 모르는데 자꾸 물어봅니다.

“이름보다 관찰이야!”로 다그쳐 보지만 마음이 불편합니다.

그래서 이름을 알려주는 애플리케이션을 소개하기도 합니다.

그러나 그 이름들의 대부분이 일제에 의해 창씨 개명된 것임을 우연히 알았습니다. 우리 조상들의 삶과 우리 풀꽃의 원초적 아름다움이 담겼던 이름이 일본 문화로 덧칠되었고 일제를 찬양하는 이름으로 창씨 개명된 것을 뒤늦게 알았습니다.

후회됩니다.

사광이아재비꽃

미움
받겠습니다

수업에 대한 열정도 없고 교사의 전문성도 부족합니다.

수업보다 실적을 남기는 일에 몰두합니다.

부당한 권위 앞에 고개 숙이고 뒤돌아서서 원색적인 비난을 합니다.

동료 교사의 조언은 무시와 건성으로 흘립니다.

아이들의 성장과 발전을 위한 새로운 대안 찾기는 거부합니다.

당장 아이들이 좋아하고 쉽게 성취하는 교육활동에 뿌듯해 합니다.

얇은 지식과 일차원적인 감각으로 동료들을 폄하하고 이간질하여 소통과 공감을 방해하는 편 가르는 학교 문화를 만듭니다.

생존을 위한 빠른 눈치와 아부성 행동으로 긴 생명력을 유지합니다.

열정적인 동료 교사를 구경만 했거나 방해한 것은 자의적으로 지우고, 후배 교사들의 열정에 '옛날에 다 해봤다'며 방해합니다.

자신의 거짓되고 잘못된 학교생활을 정당화하기 위해 주변인들에게 학교를 오염된 시선으로 보게 합니다.

신규 교사가 무엇을 배울까요? 서서히 동화되는 것을 지켜보면서 다짐했습니다.

학교를 놀이터로 착각하는 교사에게 미움 받겠습니다.

수업을 시간 때우기로 생각하는 교사에게 미움 받겠습니다.

다른 교사의 열정과 전문성을 흠집 내는 교사에게 미움 받겠습니다.

아이들의 성장과 발전보다 실적을 우선하여 수업을 희생시키는 교사에게 미움 받겠습니다.

소통과 공감을 방해하고 편 가르는 학교 문화를 선도하는 교사에게 미움 받겠습니다.

현혹적이고 금권만능의 지혜로 동료를 난도질하는 교사에게 미움 받겠습니다.

미래지향적인 학교의 변화를 거부하는 교사에게 미움 받겠습니다.

앞에서는 아부와 아첨으로, 뒤에서는 근거 없는 원색적인 비난이 습관화된 교사에게 미움 받겠습니다.

공개수업에만 '쇼' 하는 교사에게 미움 받겠습니다.

반성도 합니다.

'나도 그런 교사인가?'

봄비가 밉다. 지리산 진달래

훌륭한 옆 반 선생님 많습니다

학생 경연대회를 준비합니다.

아쉬운 부분이 많습니다.

수소문하여 전문가의 도움을 받습니다.

알고 보니 그 전문가보다 더 뛰어난 분이 옆 반 선생님입니다.

교사 연구대회를 준비합니다.

조언과 자문이 필요합니다.

어렵게 조언과 자문을 받습니다.

그런데 다른 학교 선생님은 옆 반 선생님에게 조언과 자문을 구합니다.

결과도 나보다 훨씬 좋습니다.

화려한 스펙으로 치장한 유명한 강사의 강의에 열광합니다.
강의에서 열광하고 현실에서 실망합니다.
강의로서 끝입니다.
그런데 옆 반 선생님이 그 분야 실천의 대가입니다.
옆 반 선생님의 이야기가 귀에 쏙쏙 박힙니다.

유명 교육학자의 이론서를 탐닉합니다.
그 이론에 열광합니다.
현실에 적용하려니 어려운 것이 한두 개가 아닙니다.
그냥 이론서였습니다.
옆 반 선생님이 책을 출간합니다.
이론이 실천으로 이어지는 전문 서적입니다.

영향력이 행사하는 화려함에 현혹되고 주눅들지 마십시오.
화려함이 교실을 바꾸지 못합니다.
주눅이 나를 퇴행시킵니다.
옆 반 선생님과 소통하십시오.
당신을 도와줄 수 있는 선생님은 옆 반 선생님입니다.
훌륭한 옆 반 선생님 많습니다.

단풍나무 씨앗

3장

성장

우리 학교
배롱나무꽃

우리 학교의 배롱나무 꽃입니다. 백일 동안 피고 진다 하여 백일홍이라고 합니다만 꽃 백일홍은 하나의 꽃이 백일 동안 피어있지만, 배롱나무꽃은 피고 지기를 백일 동안 반복합니다.

긴 연수를 마치고 학교에 오니 배롱나무꽃이 제일 먼저 반가워했다.

응원합니다

학교 회계에 대한 연수를 받는 중에 수강자가 강사에게 모든 친목회원이 참여하는 워크숍을 진행하고 싶은데 친목회원으로 포함된 교육공무직원(회계 직원, 비정규 직원)들의 연장근무 보수가 1.5배라서 함께하는 것이 곤란한데 다른 합법적인 대안이 없느냐고 묻습니다. 강사는 다른 방법이 없다고 합니다. 어느 분은 이 보수 규정 때문에 교육공무직원에게 일을 시키는 것이 어렵다고 합니다.

강사인 어떤 분은 교육공무직원이 노조를 만들어 교육감과 교섭한 것을 두고 불편해합니다. 교육공무직원이 정규직원보다 더 나은 처우도 있다고 주장합니다. 연수생 대부분이 공감하는 눈빛입니다.

교육공무직원의 연장 근무 보수를 1.5배 받는 것이 문제가 아니라, 교육공무직원의 연장 근무 보수를 바라보는 우리들의 인식이 문제입니다.

정상적인 워크숍에서 교육공무직원의 역할이 있다면 보수에 관계없이 당연히 출장 처리를 해야 합니다. 1.5배의 보수가 엄청난 금액입니까? 연중 연장 근무가 수십 일에서 수백 일이나 됩니까? 그리고 워크숍이 친목 성격이라면 학교 예산 보조를 받으면 안 됩니다. 출장 처리도 안 되고 친목회 예산으로 전액 지출해야 합니다.

무엇이 아쉬워서 교무실이 아닌 곳에 있는 분의 눈치를 보며 위법을 합니까? 종종 교무실이 아닌 곳에 있는 분의 돈을 앞세운 부당한 간섭 행위에 분노하는 경우가 있습니다. 그런데 이 위법적인 일들 때문에 분노만 하고 당당하게 해결하지 못합니다.

학기 초에 친목회장을 권합니다. 할 사람이 없으면 바로 하겠다고 합니다. 이유는 친목회 행사에 학교 예산 안 받기 위해서입니다. 하지만 학교 교육활동과 관련된 일이라면 철저하게 예산 지원을 받습니다. 이 원칙만 지키면 친목 행사 유쾌하게 할 수 있고 돈을 앞세운 부당한 간섭 행위에 당당할 수 있습니다. 지금까지 이 원칙에 이의 제기하는 분 아무도 없었습니다. 눈앞의 작은 이익에 우리의 명예를 더럽히지 맙시다.

그리고 교육공무직원이 노동조합을 만들어 근무 여건을 개선하는 것이 왜 불만입니까? 부러우면 공무원 노조에 가입해서 근무 여건 개선하면 되지 않습니까? 행동하지 못하는 자신의 비겁함을 탓해야 옳지 않습니까? 치열하게 투쟁하여 얻은 결과를 트집 잡는 것은 노동자인 자신을 부정하고 사용자로 살고 싶은 욕망을 드러내는 것에 불과합니다.

우리가 가진 인식의 그릇됨을 탓하는 반성이 먼저입니다. 이 그릇된 인식으로 누군가의 당연한 권리를 문제로 인식하는 것도 문제입니다.

학교는 많은 분들의 터전입니다. 하는 일만 다르고 하는 일에 따라 적용되는 법이 다릅니다. 그 법 중에 나와 직접적인 관련이 없는 일개의 법이 마음이 안 든다고 분개하고, 인간의 기본적인 복지를 위해 투쟁하는 그분들을 나쁘다고 폄하합니다.

그리고 일말의 이득을 얻기 위해 우리들의 법이 잘못되었다고 운운하며, 부당한 노동 행위 강요와 갑질을 방지하기 위한 그분들의 법이 형평에 어긋난다고 시기하는 것은 갑질이 내재된 잘못된 인식입니다.

갑질이 내재된 잘못된 인식을 걷어내고 서로 보살피고 의지하며 함께 웃는 학교를 만들면 좋겠습니다.

합리적인 선택과 결정이
청렴의 시작입니다

성품과 행실이 높고 맑으며, 탐욕이 없는 것이 청렴의 사전적 의미입니다. 직무와 관련하여 꺼림칙한 감정이 없는 모든 말과 행동이 공무원의 청렴입니다. 금전적인 대가의 유혹을 본능적으로 거부하는 것이 청렴입니다. 교통신호를 지키지 않는 것도 청렴과 어긋납니다. 정의롭지 못한 광경을 그냥 지나치는 것도 청렴과 어긋납니다. 수업시간을 지키지 않는 것도 청렴과 어긋납니다.

청렴한 생활, 쉽지만 결코 만만하지 않습니다.

합리적인 의견 수렴과 민주적인 의사 결정은 청렴한 생활의 출발입니다. 합리적인 의견 수렴은 성품과 행실이 높고 맑아야 가능합니다. 민주적인 의사결정은 개인의 탐욕이 배제되어야 가능합니다.

SNS를 통해 의견 수렴을 많이 합니다. 마주 보지 않으니 활발한 의견이 있을 것이라고 착각합니다. 지켜보다가 다수의 의견에 편승하겠다는 침묵이 다수입니다. 공개된 의견 표출보다 사적인 전화로 의견을 전합니다. 수렴자는 사적인 전화 의견을 다수에게 물어봅니다. 다수가 침묵으로 공감합니다.

연수회나 협의회에서 전체 의견을 모읍니다. 모두 집에 가고 싶어 할 때 의견을 구합니다. 여기저기서 바쁜 마음을 진정시키지 못하고 내용도 모른 채 동의를 합니다. 무슨 의견인지 모르지만 결정된 대로 하겠다고 합니다.

다음 날 전날 결정한 것과 다른 의견이 있다며 혼란을 재생합니다. 누군가 개인적인 인맥으로 사적인 의견을 전달한 것입니다.

학교의 교무회의에서 난데없이 어떤 결정을 해야 한다고 합니다. 자유롭게 말하라고 합니다. 침묵합니다. 잠시 뒤 이렇게 결정하겠다고 합니다. 침묵으로 동의합니다.

나의 의견으로 결정되지 않더라도 공식적인 자리에서 마음을 표출해야 합니다. 공식적인 자리가 부담스러워서 말하지 못했다면 당신의 능력 부족입니다. 침묵한 대가는 당신의 책임입니다. 그것을 비공식적으로, 사적으로 관철하려는 것은 청렴에 위배됩니다. 성품과 행실을 높고 맑게 하여 마음속에 품고 있는 생각을 당당하게 펼쳐야 합니다.

의견을 모으는 사람도 공식적인 의견을 존중해야 합니다. 개인의 탐욕이 없다면 공식적인 이야기보다 사적인 이야기가 우선될 수 없습니다. 역시 청렴에 위배됩니다.

우리 삶의 대부분이 선택과 결정입니다. 선택과 결정이 청렴해야 우리 삶이 청렴합니다.

맑고 투명하다.

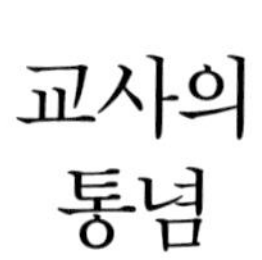

교사의 통념

교사는 얇고 광범위한 지식과 정보를 갖추면 된다고 생각하던 시절이 있었습니다. 지금도 많은 분들이 그런 생각을 하고 있습니다.

세상이 변했습니다. 교과서대로 가르치던 시대는 지났습니다. 학교의 환경을 고려한 교육방법의 재구성이 있어야 합니다. 학교 공동체의 요구에 능동적으로 대처해야 합니다. 교사용 지도서만으로 충족시킬 수 없습니다. 얇고 광범위한 지식과 정보로는 우리 학교의 환경에 맞는 최적의 교육방법을 찾을 수 없습니다. 얇고 광범위한 지식과 정보의 한계를 짧은 연수로 극복할 수 없습니다.

벗어나야 합니다. 얇고 광범위한 지식과 정보를 담는 전문성에서 벗어나야 합니다. 좋아하는 분야, 시대가 요구하는 분야, 아이들의 성장과 관련된 분야를 깊게 살펴야 합니다. 깊게 살펴야 넘쳐나는 지식과 정보를 우리 학교에 맞게 선택할 수 있습니다. 깊게 살펴야 학교 공동체의 요구를 효과적으로 수용하여 신뢰를 얻을 수 있습니다.

짧은 연수는 동기유발입니다. 짧은 연수 내용으로 만족한다면 얇고 광범위한 지식과 정보를 가진 과거의 교사로 남습니다. 짧은 연수가 동기가 되어 대학에서 배운 지식을 뛰어넘는 배움으로 이어져야 합니다. 교사 전문성 신장입니다. 그리고 교사의 전문성이 학교 울타리를 벗어나야 아이들의 배움도 삶 속으로 확장됩니다. 학교 공동체의 요구와 고민을 아우르는 전문가가 되어야 합니다.

적극적으로 공유하고 소통해야 합니다. 얇고 광범위한 지식과 정보를 가진 과거의 교사는 그것으로 충분했습니다. 공유하고 소통하지 않아도 좋은 교사가 될 수 있었습니다.

이제는 아닙니다! 그렇지만 많은 분야에 깊은 전문성을 쌓기 위한 시간이 턱없이 부족한 것이 교사의 삶입니다. 그래서 공유하고 소통하고 협력하고 연대해야 합니다.

각자의 전문성을 공유하고 소통해야 우리 학교에 최적화된 교육방법을 찾을 수 있습니다. 학교 공동체와 협력하고 연대해야 학교의 고민을 합리적으로 해결할 수 있습니다.

깊은 앎과 더불어 공유와 소통, 협력과 연대로 교사의 사회적 통념을 넘는 교사가 됩시다. 그래서 교사의 새로운 통념을 만듭시다.

무와 다른 느낌의 무꽃

프로젝트 학습을 예찬합니다

요즘 많은 학교에서 텃밭 가꾸기를 많이 합니다.
병아리 키우기를 비롯한 동물 사육도 많이 합니다.
숲 가꾸기 및 숲 탐방 활동도 많이 합니다.
생태 학습 측면에서 좋은 일이라고 생각합니다.

이벤트로 끝나지 않으면 좋겠습니다. 지속적인 배움으로 이어지면 좋겠습니다. 그래서 즉흥적으로 하지 말고 학기 시작 전에 학교 구성원들과 충분히 소통하여 여러 교과에 걸쳐 있는 내용을 추출하여 새로운 교과로 탄생시키면 좋겠습니다. 그리고 새로운 교과에 반영된 것은 기존 교과에서 과감하게 생략하고, 평가도 새로운 교과에서 과정 중심으로 실시하여 아이들은 즐겁고 교사는 여유 있게 가르치면 좋겠습니다. 프로젝트 학습입니다.

여러 교과의 내용, 인성 교육, 진로 교육 등이 융합되거나 통합된 텃밭 가꾸기, 병아리 사육하기, 숲 탐방 활동이 되도록 해야 합니다.

선생님들이 머리를 맞대고 교육과정을 분석하고 우리 학교의 환경에 맞는 새로운 교과를 만들어야 합니다.

선생님이 이끌고 아이들이 따라오는 수업에서 선생님과 아이들이 상호작용하는 우리 학교의 교수법을 만들어야 합니다.

선생님들의 장점을 공유하고 단점을 보완하는 집단지성을 발휘해야 합니다.

프로젝트 학습은 공부하는 방법을 배우는 활동입니다. 아이들에게 최고의 배움 활동이라고 자부합니다. 그러나 철저한 준비 없이 일회성 이벤트나 홍보로 전락시키는 잘못은 하지 맙시다. 학교 구성원의 충분한 소통 없이 시작하여 프로젝트 학습을 새로운 업무로 인식되는 오개념을 만들지 맙시다.

그렇게 하지 못한다면 프로젝트 학습이라 이름 짓지 말고 이벤트 교육하자고 합시다. 이벤트 교육도 나름의 효과가 있습니다.

프로젝트 학습이 우리 학교의 실정에 맞도록 정착된다면 지적 호기심을 다양한 창의적인 방법으로 해결하는 능력이 길러져 아이들의 미래 핵심 역량이 됩니다.

지금, 뚜렷한 직업 말하지 못해도 꿈을 찾아 지속적으로 성장하는 아이가 될 수 있습니다.

지금, 영어, 컴퓨터, 예체능, 글쓰기 조금 못해도 꿈을 좇는 과정에서 다듬어질 수 있습니다.

멈추는 프로젝트 학습이 많았습니다. 충분한 소통과 공감을 얻지 못한 결과였습니다.

힘들고 힘듭니다. 학기 시작 전에 교육과정 재구성하고, 학교 환경 조사하고, 교실과 학교의 벽을 허무는 작업을 하기가 쉽지 않습니다. 수업 마치고 업무 처리하고 프로젝트 준비하려면 힘듭니다. 말이 쉬워 소통이고 공감이지 동료를 먼저 배려하고 수용하는 것이 한두 번은 고민 없이 가능하지만, 지속적으로 실천하는 것은 정말 힘듭니다.

그래도 포기하지 않는 것은 프로젝트 학습으로 지속적으로 성장하는 행복한 아이들을 확인했기 때문입니다. 제대로 준비하여 실천한다면 아이들과 선생님이 함께 성장하는 배움이 될 것입니다.

프로젝트 학습을 예찬합니다.

토종 민들레를 찾아라!

새로운 면접을 제안합니다

교감 자격 연수 대상자가 되기 위해 면접을 보고 왔습니다. 올해는 정해진 점수만 채우면 교감이 되는 부작용을 방지하기 위해 기존과 다른 방식으로 진행되었습니다. 대면 면접은 다른 방식으로 진행된 것이 아니라, 대면 면접 전 동료 교원의 의견을 수렴하기 위한 전화 면접을 실시한 점수와 대면 면접 점수를 합산하여 일정 점수 이하면 제외되고, 제외된 수만큼 교감 대상자 후보에게 기회를 주는 방식으로 변경되었습니다.

타시도 교육청도 약간의 차이는 있지만 비슷한 방식으로 면접 시험이 치러지는 듯합니다. 점수만 획득하면 기본 자질이 안 되어도 교감으로 임용된다는 안이함과 나태함을 타파하기 위한 시도라는 점에서 환영합니다. 하지만 2차 대면 면접을 치르고 난 후 아쉬움이 더 크게 다가왔습니다.

교육부와 도 교육청의 정책을 외운 것을 면접관에게 말하는 것이 무슨 의미가 있을까요? 학교 현장에는 많은 매뉴얼들이 있습니다. 이 매뉴얼 모두 외울 수 없습니다. 맥락으로 이해하고 있다가 사건이 발생하면 이 매뉴얼에 의해 처리하면 됩니다. 그런데 이 매뉴얼 외우기를 강요하는 면접이 교육 전문가로서의 자질을 쌓게 하는 것과 어떤 관련성이 있을까요?

제안합니다. 정보와 지식, 교육 전체를 바라보는 통찰이 부족한 속 좁은 제안일 수 있습니다. 동료 교원의 의견 수렴이면 면접은 충분하다고 생각합니다. 그러나 대면 면접을 대신하여 토론 가산점을 부여하면 좋겠습니다. 교감의 자질과 교육 전문가로서의 소양, 리더십, 교육과정, 학교 경영 철학 등을 종합한 토론회를 개최하고 등급에 따라 승진 가산점을 부여하는 것입니다. 물론 조건이 있습니다. 상대평가가 아닌 기본적인 자질과 소양이 있으면 인정하는 절대평가여야 하며, 판정단은 교사를 포함한 관련 전문가로 구성해야 합니다. 타시도 전문가 그룹 참여 비율을 50% 이상으로 해야 합니다. 그리고 토론 가산점이 교감 대상자 선정에 실제적인 영향을 끼쳐야 합니다. 마지막으로 시행을 위한 충분한 준비 과정이 있어야 합니다.

연구학교와 연구대회, 벽지 가산점 등의 기존 가산점들도 교육적 가치가 있습니다. 그러나 본래의 가치보다 교감 자격을 얻기 위한 수단으로 내려앉았습니다. 시대의 흐름과 사회의 변화에 맞게 축소하고 현재와 미래 사회가 요구하는 새로운 방안으로 대체하는 것이 누구나 이야기하는 미래를 대비하는 교육에 어울릴 것입니다.

선생님이 창의적이지 못하고 관리자가 창의적이지 못한데 학생들에게 창의성을 기대하는 것은 지나친 욕심입니다. 선생님과 관리자가 독서와 거리를 두면서 학생들에게 폭넓은 지식과 정보, 교양을 쌓기 위해 독서를 가르치는 것은 싫은 공부를 억지로 시키는 것과 같습니다. 오히려 독서의 습관화와 생활화를 저해하는 요인으로 작용합니다.

교감 자격을 얻기 위한 가산점 획득에만 몰입한 교사에게 경험에 의한 지혜를 기대하는 것은 어렵습니다. 교사들의 다양한 고민을 해결할 전문성을 기대할 수 없습니다. 그래서 어떤 관리자는 좋은 교사 되는 것을 강조하지 않고, 자신이 걸어온 가산점을 얻는 방법을 전수하여 빨리 교감 자격 대상자가 되라고 강조하는 것이 본인의 역할이라고 합니다.

교감을 비롯한 관리자는 교육부와 도 교육청의 정책을 충실히 잘 따르는 것도 중요하지만, 학교의 환경과 학교 공동체의 실태를 제대로 파악하여 학교의 성장과 발전을 이끄는 창의적인 교육자가 되어야 합니다. 그리고 교직 생활을 편안하게 마무리하는 직급이 아니라, 교사보다 더 치열한 열정으로 교육의 발전과 성장을 이끄는 본보기가 되어야 합니다. 이러한 의미에서 저의 편협되고 협소한 토론 가산점 제도가 아니더라도 현재의 승진 가산점 제도와 면접제도의 변화는 필연적입니다.

그래서 학교의 올바른 성장과 발전을 이끄는 관리자가 많이 나오면 좋겠습니다.

혼돈. 지혜를 찾다.

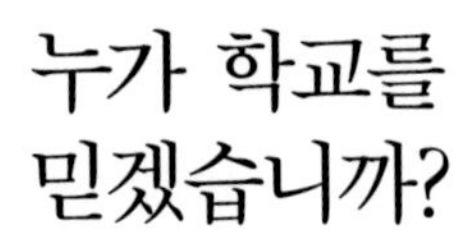

누가 학교를 믿겠습니까?

전달 연수 결과를 알아보기 위해 등록부를 스캔해서 교육지원청에 보고하라고 합니다. 학교 구성원들이 꼭 알아야 할 내용이라면 어느 누가 전달 연수하지 않겠습니까? 전문성을 갖추는 데 필요한 내용이라면 어느 누가 참여하지 않겠습니까?

왜 학교를 믿지 못합니까?

야영 수련 활동을 가던 버스가 사고가 났습니다. 정말 안타까운 일입니다. 대부분의 교통사고는 예방할 수 있는 것이어서 더욱 안타깝습니다.

관련 공문이 왔습니다. 최근 연도에 실시한 현장체험학습, 수학여행, 야영수련활동 등을 정해진 점검표에 기록해서 보고하라고 합니다. 학교는 정해진 매뉴얼대로 야외교육활동을 추진합니다. 만약에 그렇게 하지 않으면 아이들은 위험에 노출되고 학교는 이에 따른 엄청난 책임을 집니다. 그런데 이 절차와 내용을 새로운 점검표에 모두 기록하여 제출하라고 합니다.

교통사고가 일어난 학교의 야외교육활동 추진 절차가 미흡할 수도 있었을 것입니다. 그러나 그것으로 모든 학교를 똑같이 판단하는 것은 학교를 믿지 못하는 것입니다.

해마다 바뀌는 교육 관련 법규나 규정, 지침들이 있습니다. 학교 구성원들의 전문성과 관련된 내용이기 때문에 당연히 학교의 특성에 맞는 다양한 어떤 방법으로 인지합니다. 지키지 않으면 불이익을 당하는 것이 우리들인데 어떻게 마다할 수 있겠습니까?

교육활동 중에 일어나는 안전사고는 큰 불행입니다. 그러나 사고마다 학교를 잠재적 사고자로 취급한다면 아이들을 위한 야외교육활동은 위축될 것입니다. 그리고 아이들의 안전한 테두리를 만드는 데 노력 중인 학교를 힘 빠지게 할 것입니다.

교육지원청이나 도 교육청, 교육부가 학교를 믿지 못하면 누가 학교를 믿겠습니까?

애기똥풀꽃

읍소합니다

교과에 인성, 안전, 진로, 환경, 생태, 폭력, 성폭력, 위생 관련 등의 내용이 포함되어 가르치고 있습니다. 초등학교는 더더욱 그렇습니다. 그런데 또다시 범 교과라는 이름으로 수 차시에서 수십 차시를 의무적으로 하라고 합니다. 그리고 기록으로 남기라고 합니다. 가뜩이나 수업 시수를 확보하기 어려운데 이것 다 채우고 나면 교과 시수가 확보되지 않습니다. 어느 장학관에게 건의했더니 조금이라도 지도했으면 한 차시로 인정되기 때문에 기록으로 남기라고 합니다. 초등학교는 40분이 한 차시인데 말이 된다고 생각하는지 어이가 없습니다. 그러면 국어를 5분만 하고 한 차시라고 해도 된다는 말인지….

어느 정도 현장감이 있는 교육 관료들이라면 위와 같은 수업이 표기만 되어 있지 제대로 되지 않는다는 것을 알 것입니다.

아니 현실적으로 할 수 없다는 것을 알 것입니다. 만약에 모른다면 학교 현장을 정말 모르는 탁상공론의 관료라고 인정하는 것입니다.

교육부, 도 교육청에서 어떤 교육을 강조합니다. 정부의 공약이었거나 현실의 필요에 의해 강조할 수 있습니다. 그러나 그 방법은 학교에 맡겨야 합니다. 체험학습, 캠페인, 강연, 공연, 관람, 참여 등의 다양한 방법이 학교마다 다르게 적용될 수 있습니다. 그런데 왜 영역을 정해서 일률적으로 실시하고 공문으로 보고하라고 하는지 이해하기 힘듭니다.

그리고 시대적으로 낙후되어 교체되거나 변화되어야 할 교육이 있습니다. 그러면 기존의 교육활동은 과감하게 폐지하고 새로운 교육활동이 그 자리를 차지해야 합니다. 그런데 폐지는 되지 않고 새로운 것만 첨가됩니다. 과다한 욕심, 탁상행정, 우유부단한 교육 관료에 의해 학교는 과부하에 걸렸습니다. 제대로 된 교육활동을 지속적으로 할 수 없습니다. 교육부와 도 교육청이 학교를 방해하는 실정입니다.

교사에게 연수를 강요합니다. 전문성에 필요하다면 수강하는 것이 마땅합니다. 다른 방법으로 이미 알고 있거나 연수 이외 각자의 방법으로 인지할 수 있다면 굳이 연수를 강요할 필요가 없습니다. 특히 양심과 실천에 관련된 내용은 더욱 그렇습니다. 그 연수 이수했다고 비양심이 양심으로 위선이 실천으로 이어지지 않습니다. 대신 범법 행위에 대해서는 법령에 의해 엄중한 책임을 물으면 됩니다.

계도로 접근해야지 강제 연수와 같은 강제성을 띤 방법으로 교사의 정신까지 조절할 수 있다고 착각하는 것은 인간에 대한 이해가 현저히 부족한 결과입니다.

다양하고 창의적인 방법으로 문제를 해결하는 교육을 강조합니다. 그러나 정작 학교에 가하는 활동들은 탁상공론의 정책, 전체주의 발상, 인간에 대한 기본적인 이해 부족 등으로 다양성을 기반으로 한 학교의 성장을 방해합니다.

정말로 학교를 도와주는 기관이라면 학교를 먼저 이해하십시오. 교육부나 도 교육청 때문에 교사 못하겠다는 원성을 못 들은 척하지 마십시오.

절박하게 읍소합니다.

산책길의 이팝나무꽃

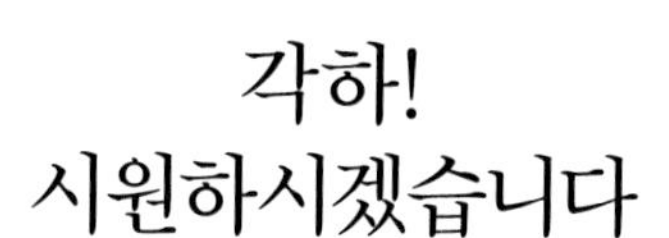

각하!
시원하시겠습니다

아이들이 칭찬받는 이유를 깨닫도록 질문으로 칭찬하자고 주장했습니다. 칭찬으로 칭찬받는 아이가 되도록 하자고 주장했습니다. 그래서 칭찬이 아이들의 바른 성장을 이끌도록 하자고 주장했습니다. 그리고 칭찬을 잘하는 선생이 좋은 선생이라고 주장했습니다.

조금 다른 주장을 합니다. 아이들이 칭찬이 포화된 시대에 살고 있습니다. 칭찬이 일상적인 생활에서 빠지지 않습니다.

잘못을 미화하는 '각하! 시원하시겠습니다'와 같은 칭찬을 아이들이 매일 듣고 있습니다.

이제는 서운해합니다. 많은 사람들이 있는 자리에서 '방귀를

꿔지 마라'고 하면 서운해합니다. 잘못한 말과 행동을 나무라면 억울해합니다. 웬만한 칭찬에는 기뻐하지 않습니다.

자질이 없는 사람이라고 합니다. 선생이 칭찬을 아끼면 자질이 부족하다고 합니다. 부모가 칭찬을 아끼면 매정하다고 합니다. 어떤 사람들은 자질이 있는 사람이 되기 위해 방귀라도 뀌기를 바랍니다.

지나친 칭찬이 아이들의 바른 성장을 막고 있습니다. 아이들의 서운함을 달랜다고 공공을 위한 단호함이 포기됩니다. 아이들의 도약을 위한 인내가 습관적인 칭찬으로 제자리에 머뭅니다.

더 심각한 것은 무의미한 칭찬의 병폐를 깨닫지 못하는 것입니다.

오늘도 '각하! 시원하시겠습니다'를 연발하고 있지 않습니까?

5월의 남강

동료

동료 선생님의 하소연 그냥 고개 끄덕이고 들으십시오.

그분도 훌륭한 교사입니다.

나름대로 노력하고 있는데 생각만큼 안 되어서 하소연하는 것입니다. 방법을 모르는 것이 아닙니다.

그분에게 잘못이 있는 것처럼 말하지 마십시오.

당신도 그와 같은 상황이면 똑같습니다.

당신이 똑똑하다고 그분의 속상한 일 직접 해결하려 하지 마십시오. 그분을 두 번 죽이는 것입니다.

그냥 들어주고 공감하십시오.

동료입니다.

느티나무 아래에서 봄비를 피하다.

교사의 착각

궁금합니다.

아이들을 가르치는데 무엇이 부족한가? 내가 가지고 있는 교과지식으로 아이들을 가르치기가 역부족인가? 내가 가지고 있는 생활지도법이 아이들의 바른 성장을 도울 수 없는가? 내가 가지고 있는 안전의식이 아이들을 위험하게 만드는가? 내가 가지고 있는 독서론이 부족하여 아이들이 책 읽기를 싫어하는가? 내가 가지고 있는 진로지도 인식이 부족하여 아이들이 꿈을 꾸지 못하는가?

또 궁금합니다.

내가 알고 있는 교과 지식으로 아이들을 제대로 가르치고 있는가? 내가 알고 있는 생활지도법으로 아이들의 바른 성장을 이끌고 있는가? 내가 알고 있는 안전의식으로 아이들의 안전한 생활을 돕고 있는가? 내가 알고 있는 독서의 유익함으로 아이들의 책 읽기에 얼마만큼 도움을 주는가? 내가 알고 있는 진로관으로 아이들이 희망적인 미래를 열고 있는가?

더 궁금합니다.

연수에서 배운 대로 실천하고 있다고 착각하고 있지 않은가? 책에서 읽은 것을 실천하고 있다고 착각하고 있지 않은가? 아는 만큼 실천하지 않는 다른 선생님이 문제라고 착각하고 있지 않는가? 일회성이 아닌 일관성 있게 아이들을 가르치고 있다고 착각하고 있지 않은가? 지속적인 가르침을 실천하고 있다고 착각하고 있지 않은가?

착각하고 있습니다.

한 번 가르친 것을 지속해서 가르치고 있다고 착각하고 있습니다. 연수에서 들은 내용을 잘 실천하고 있다고 착각하고 있습니다. 책에서 읽은 내용을 잘 실천하고 있다고 착각하고 있습니다. 타인에게 말하는 대로 실천하고 있다고 착각하고 있습니다. 우리 교육의 모순을 나는 잘 극복하고 있다고 착각하고 있습니다.

한 번 가르친다고 아이들 변화되지 않습니다. 왜 교육을 백년지대계라 했겠습니까? 천천히 지속적으로 꾸준히 가르쳐야 합니다. 강사가 말한 대로 실천해 보셨습니까? 유명 저자의 책 읽어 보고 실천해 보셨습니까? 예상되는 결과였습니까? 아닐 것입니다.

우리는 타인의 이상을 실천이론으로 받아들입니다. 그리고 그 이론을 무조건 신봉합니다. 그래서 실천으로 검증되지 못한 이론을 맹목적으로 수용합니다. 마우스 클릭이 맹목적인 수용을 대신합니다.

마우스 클릭 대신 아이들과 눈 맞춤을 꾸준히 해야 합니다. 거창한 이론을 머리에 묵히고 삭히는 것보다 아이들의 바른 성장과 변화를 위한 꾸준한 실천을 우선해야 합니다.

교수·학습 모형을 외우는 것보다 우리 반에 어울리는 교수·학습 방법을 찾아 실천하는 것이 우선입니다.

그리고 자주 물어야 합니다.

'나는 얼마만큼 착각하고 있는가?'

휴식. 고물 아니다. 잠시 쉰다.

교사의 지성

신규 교사로 만난 후배 교사가 있습니다. 본인 스스로 나를 멘토로 칭하며 가끔 갈등 상황이 있으면 의견을 묻곤 했습니다. 하지만 지금은 그렇지 않습니다. 정확히 말하면 나의 제안이 불편해졌기 때문입니다.

작은 꿈이 있었습니다. 신규 교사들을 비롯한 젊은 교사를 중심으로 하는 소모임을 만들고 싶었습니다. 그리고 이 소모임을 통하여 작은 바람을 일으키고 싶었습니다. 개혁이나 혁신을 논하기보다 학교 안의 소소한 불편함의 원인을 찾고 적절한 대안을 제시하며 함께 실천하는 모임을 만들고 싶었습니다. 그래서 가까이 있는 신규 교사에게 연락하여 친구들이나 젊은 교사들을 모아보자는 의견을 제시했더니 세 명이 모였습니다. 제법 많은 이야기를 했습니다. 그리고 다음에는 좀 더 많은 교사들과 함께 자리하자고 이야기하며 장소도 술집이나 식당이 아닌 곳을 찾겠다는 약속도 했습니다.

시간이 지난 뒤 모임 하자고 했더니 이런 핑계, 저런 핑계를 대며 안 하겠다고 했습니다. 말이 안 되는 핑계였지만 편안하게 그렇게 하라고 했습니다. 약간의 겁도 났을 것이고 상상의 갈등 상황이 몹시 불편했을 것이라고 짐작을 했기 때문입니다. 하지만 한편으로는 지성적인 교사로 살기보다 지식 전달자로의 삶을 선택한 그 후배 교사에 대한 아쉬움은 어쩔 수 없었습니다.

습관적으로 관리자를 비판하는 교사가 있습니다. 그런데 이 교사에게는 두 가지 심각한 문제가 있습니다. 하나는 항상 동료나 관리자를 평가하지만, 본인의 학교생활도 별반 다르지 않다는 것입니다. 지식이 부족한 교사입니다. 두 번째는 본인이 비판적으로 제기하는 문제를 동료가 해결하려 하면 그 피해가 자신에게 미칠까 봐 전전긍긍하며 동료를 탓합니다. 지성이 없는 교사입니다.

교사를 지성인이라고 이야기합니다. 지성의 사전적인 의미는 지각된 것을 정리하고 통일하여, 이것을 바탕으로 새로운 인식을 낳게 하는 정신 작용입니다. 그래서 교사가 지성인이라면 학교에서 인식한 여러 가지 문제를 정리하고 통일하여 새로운 인식을 낳는 것을 의미합니다. 그리고 새로운 인식을 실천하면 더 참다운 지성인이라 불릴 것입니다.

과연 우리는 지성인일까요?

항상 부딪히고 투쟁하라고 묻는 것이 아닙니다. 마음 한구석에 지성인이 자리 잡고 있다면 우리 교육의 긍정적인 변화를 위한 작은 의문은 품고 살아야 하지 않을까요? 그리고 그 의문을 해결하지 못하더라도 그 아쉬움을 공유하며 위로하는 것이 지성인에 가깝지 않을까요?

많이 아쉽습니다.

지성인이 아닌 지식 전달자로 변해가는 우리들의 모습이 많이 아쉽습니다. 그리고 나에게도 묻습니다.

'지성인인가?'

백엽상(百葉箱)은 잎 모양의 나무가 백 개 정도가 필요하다고 해서 백엽상이다. 하얀색이라 백엽상이 아니다. 자연의 변화에 방해받지 않는 곳에 설치되어야 하는데 그렇지 못하다. 학교의 백엽상은 잎 모양의 나무가 백 개가 되지 않는 간이 백엽상인 데다 위치도 맞지 않는다. 그래서 온도를 측정하면 실제와 차이가 많이 난다.

교사
바보 아닙니다

소통이 안 되는 부장교사가 있습니다.

계획 단계에서 동료와 협의하는 일이 없습니다.

관리자는 도우라고 하는데 무엇을 도울 수 있을까요?

관리자 결재만 득하고 일방적인 통보입니다.

교사들이 비현실적이고 학교의 환경을 무시한 계획이라고 이의를 제기하면 내년 계획을 수립할 때 참고하겠답니다. 그 놈의 내년은 영원히 오지 않습니다.

의견을 수렴하는 척합니다.

하지만 동료 교사들은 더 이상 말하지 않습니다.

척인지 알기 때문입니다.

그런데 관리자는 죄 없는 교사들에게 그 부장교사를 돕지 않는다고 나무랍니다.

묻고 싶습니다. 무엇을 도울 수 있는지?

그 부장교사가 어떤 매력이 있기에 관리자가 감싸는지 정말 궁금합니다.

그 부장교사에게 묻습니다.

학교 교육활동의 목적이 무엇인지?

실적? 관리자에게 잘 보이기? 아무 생각 없는 이벤트? 설마 아이들의 성장과 발전?

부장교사 할 정도의 경력이면 왜 교사를 하는지는 알 것입니다.

그런데 당신은 교사가 아닙니다.

그래서 또 묻습니다. 당신 왜 교사해요?

관리자에게 묻습니다.

그 부장교사의 계획대로 하면 아이들의 올바른 성장과 발전이 가능할 것 같습니까?

그 부장 교사의 학교생활과 교육 공동체와의 불편한 관계를 제대로 파악하고 있습니까?

그 부장교사가 교실에서 아이들 제대로 가르치고 있습니까?

그 부장교사 반의 아이들과 부모님들의 불만을 아십니까?

그 부장교사는 교사입니까?

제대로 파악하면 좋겠습니다.

그 부장선생님의 교육활동이 아이들을 위한 것인지? 당신에게 잘 보여 다른 목적을 얻기 위함인지?

균형을 유지하면 좋겠습니다.

다른 교사와 같은 시선으로 그 부장교사를 바라보면 좋겠습니다.

그 부장교사를 바라보는 애정 어린 눈빛으로 다른 교사들을 바라보면 좋겠습니다.

만약에, 만약에 모든 것을 알고도 당신의 치적을 위하여 그 부장교사를 감싸고 있다면 심각한 자질 부족을 드러내는 것입니다. 그렇게 하고도 다른 교사들이 당신을 신뢰하고 따를 것이라 기대한다면 심각한…

교사들 바보 아닙니다.

함양 선비길(거연정)

아는 사람은 안다

자꾸 보챈다.

하는 일이 어마어마하다고 자꾸 보챈다.

하지만 그 일은 교사면 누구나 하는 일이다.

자꾸 보챈다.

하는 일이 힘들다고 자꾸 보챈다.

하지만 그 일은 교사면 아무렇지 않게 하는 일이다.

자꾸 보챈다.

하는 일을 알아달라고 자꾸 보챈다.

하지만 그 일은 교사면 당연히 해야될 일이다.

3월이다.

작은 들꽃은 보채지 않는다.

남은 겨울의 찬바람이 뒤통수를 후려쳐도 그냥 흔들린다.

그냥 흔들거린다.

찬 바람에게 예쁨을 뽐낸다고 맞서지 않고 그냥 흔들린다.

예쁨을 알지 못하는 바람에게 대들지 않고 그냥 흔들린다.

제풀에 지친 찬바람이 물러나고 따뜻한 봄바람이 예쁜 꽃을 쓰다듬는다. 꽃이 만발한다.

예쁘다.

예쁘다고 자랑하지 않는 네가 더 예쁘다.

예쁨을 알아주지 않는다고 독기 품지 않은 네가 더 예쁘다.

없는 아름다움을 알아주지 않는다고 입 냄새 풍기지 마라.

불쾌한 입 냄새가 당신의 아름다움을 가린다.

아는 사람은 안다.

나 혼자 하는 일도 아는 사람은 안다.

자랑하지 않아도 아는 사람은 안다.

아는 사람이 당신을 아름답게 만든다.

아름다움부터 만들어라.

아는 사람은 다 안다.

봄까치꽃

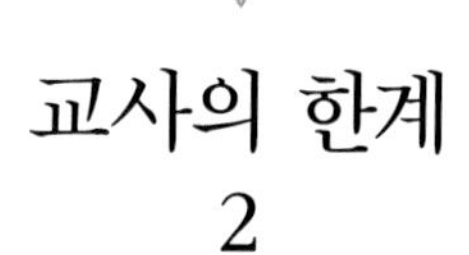

교사의 한계 2

한 학생이 공으로 골마루 천장을 깼다.

한 학생이 공으로 유리를 깼다.

한 학생이 골마루와 계단을 질주한다.

한 학생이 화장실의 휴지를 엉망으로 만들었다.

대책을 위한 교직원 협의회가 열렸습니다. 파손된 것을 학생의 부모님이 변상하도록 하자는 의견이 있었습니다. 반대했습니다.

규제를 가하자는 의견이 있었습니다. 반대했습니다.

공을 갖고 등교하지 못하도록 했습니다. 반대했습니다.

전혀 교육적이지 못한 벌점제를 도입하자는 의견이 있었습니다. 반대했습니다.

학교규칙에 학생 제재를 위한 생활지도 근거를 마련하자는 의견이 있었습니다. 반대했습니다.

어떤 교사는 어떻게 아이들을 지도할 것이냐고 항변했습니다. 교사의 한계를 알고 행동하는 아이들을 어떻게 지도할 수 있느냐고 나무랍니다. 교사로서 자괴감을 넘어 수치심을 느낀다고 흐느낍니다.

우려스럽다고 했습니다. 회복적 생활지도를 공감하는 우리가 정작 학생 행동 제재 중심의 생활지도를 마련하는 것이 우려스럽다고 했습니다. 세태와 동떨어진 규제와 제재로 파생될 민원을 감당할 자신이 있는지가 우려스럽다고 했습니다.

어김없이 체벌에 대한 과거의 향수를 꺼내는 교사가 있습니다. 향수를 버려야 합니다. 체벌로 학생들의 바른 성장이 얼마나 이루어졌습니까? 바른 성장이 이루어졌다면 그 학생들이 어른이 된 지금, 우리 사회는 바른 사회가 되었습니까?

규제와 제재 중심의 생활지도는 일시적인 효과는 있습니다. 하지만 그 부작용이 더 큽니다. 교육학적, 심리적, 철학적인 근거가 철철 넘쳐서 생략합니다. 교사가 문제 행동을 드러내는 학생을 완전하게 교정할 것이라는 환상을 깨야 합니다. 나의 생활지도로 내가 바라는 이상적인 학생이 될 것이라는 환상을 깨야 합니다.

교사의 한계입니다. 이 한계까지가 교사의 역할입니다. 세태로 발생하는 한계를 사회적 합의가 없는 한 교사가 극복할 수 없습니다. 세태에 의한 한계를 승인해야 합니다. 한계까지만 반복하고 반복하는 것이 교사의 역할입니다.

게임이 아닙니다. 교사의 한계를 이용하는 학생을 이기려 하지 맙시다. 세속적으로 이길 방법이 없습니다.

아픈 마음 묻고 의연하게 한계까지만 반복하고 반복합시다. 이기고 지는 게임 모드에서 벗어납시다.

자유를 박탈하지 맙시다. 일부 일탈한 학생들로 인해 다수의 자유를 박탈하지 맙시다. 피해를 끼친 학생에겐 교사의 한계까지 지도하고 지도합시다. 그 학생 때문에 다른 학생들의 자유를 억압하지 맙시다. 자유를 억압당한 학생들이 그 아이를 어떤 마음으로 대하겠습니까? 교사가 원하는 의도 아니지 않습니까?

학교는 학생의 성장을 돕는 곳입니다. 자유를 억압하는 곳이 아닙니다. 교사의 한계를 학생들의 억압으로 만회하려는 시도는 중단되어야 합니다.

교사의 한계까지가 교사의 역할입니다.

민들레 프로젝트 학습으로 인성 교육, 진로 교육, 리더십 함양 교육을 했다.

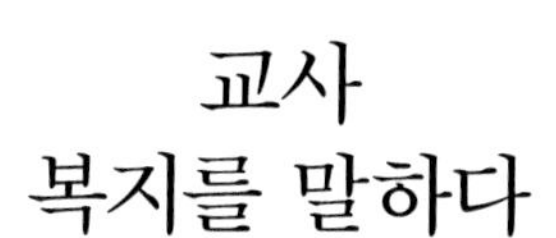

교사
복지를 말하다

인간의 행복한 삶이 복지입니다. 우리나라는 인간의 행복한 삶을 지향하는 복지국가입니다. 그러면 학교도 교육공동체의 행복한 삶을 지향하는 것이 당연합니다.

과연 그럴까요?

우선 학교가 교원들에게 인간의 기본권을 보장하고 있을까요? 쉬는 시간에도 아이들과 함께해야 한다는 강박의 강요와 학생들과 공동으로 사용되는 화장실 때문에 늘 배설의 불편을 겪어야 합니다. 운동복으로 갈아입기 위한 탈의실이 없어서 화장실을 전전해야 합니다. 몸이 불편해도 보건실을 편하게 이용하지 못합니다. 점심시간은 아이들의 괴성과 장난으로 잠시도 눈을 뗄 수 없어서 밥이 어디로 들어가는지도 모릅니다. 협의회 시간으로 이용되는 휴식 시간은 불편한 시간입니다. 1교시 시작 전의 아침 활동과 점심 먹고 남은 약간의 시간은 특별한 학생들을 위한 지도에 할애됩니다. 학부모와 학생들에 의해 몸과 마음에 범죄처럼 자행되는 치가 떨리는 모욕은 생략하겠습니다. 생략하는 이유는 글의 뒤에 밝히겠습니다.

학생들의 학교에서의 삶은 어떨까요? 학생들의 의지와 관계없이 행해지는 일률적인 아침 활동, 부족한 화장실, 없거나 부족한 샤워실과 탈의실, 선택권이 없는 교육활동 등을 미루어 보면 학생들에게도 학교가 행복한 삶을 보장하는 곳은 아닙니다.

개선되는 방향으로 미루어 짐작해 보겠습니다. 학생들을 위한 시설은 우선적으로 개선되고 보충되고 있습니다. 다만 속도가 빠르지 못한 것이 문제입니다.

교원들은 이것마저도 꿈입니다. 교원을 위한 복지 시설을 요구할 사회적 분위기가 되지 않습니다. 그래서 사회적 인식이 획기적으로 변하지 않는 한 교원들을 위한 복지 시설의 개선과 확충은 꿈입니다.

교사여서, 학생이어서 가져야 하는 복지도 있습니다.

행복하게 가르칠 권리에 대한 복지입니다. 교사가 가르치고자

하는 내용을 교사 나름의 방법으로 가르치는 것을 학교가 허용하는가? 그렇지 않습니다.

결재라는 관습으로 포장한 검열 문화는 다양한 학생들의 교육활동에 뿌리를 내리고 있습니다. 이 검열 문화 때문에 선지자 교사들의 새로운 교육이 힘을 잃습니다. 이 검열을 염두에 두기 때문에 교사는 검열자의 입맛에 맞는 교육부터 생각합니다. 다양한 교사들의 다양한 교육이 발현되기 위해서는 서로 신뢰하지 못하는 문화, 다양성을 강조하며 전체주의를 지향하는 의식의 변화가 전제되어야 합니다. 이 전제가 실천으로 이어질 때 교사로서의 복지인 학생들을 행복하게 가르칠 권리가 보장됩니다.

학생이어서 가지는 행복한 배움에 대한 복지는 보장되고 있을까요? 혁신학교를 중심으로 확산되고 있지만, 형식에 치우친 운영, 일부 교원들의 인식 부족, 일부 이념적인 접근으로 인한 거부감 등으로 뿌리를 내렸다고 단언하기 힘듭니다. 뿌리를 내린 학교라 하더라도 턱없이 부족한 학생들의 선택활동, 일부 학생들에게 부여된 특권 의식, 성적(실적)을 목적으로 하는 관행적인 경쟁위주의 각종 학생 대회를 준비하기 위해 희생되는 인간의 기본권에 대한 불만은 여전합니다. 그리고 성적으로 학생들을 평가하는 문화도 여전합니다.

인간으로서, 학교의 일원으로서 관습, 관행, 통념의 학교 문화에 복지라는 의문을 던졌습니다. 질책하고 자책하려는 의도보다 관습, 관행, 통념의 학교 문화이기 때문에 법과 제도를 도입하지 않아도 의문을 해결할 의지만 있으면 얼마든지 해결할 수 있음을 강조하기 위함입니다. 그리고 지금 실천으로 이어질 수 없다면 최소한의 방향성은 설정할 수 있기 때문입니다.

그리고 학부모와 학생들에 의해 몸과 마음에 범죄처럼 자행되는 치가 떨리는 모욕을 생략한 이유는, 이런 병적인 현상은 관습, 관행, 통념의 역행으로 법과 제도가 더 강력한 방법이기 때문입니다.

복지국가를 지향하는 나라에서 복지학교로의 전환을 주장합니다.

진양호 전망대에서 바라본 물 박물관

리더십의 한계

리더십은 리더가 가지는 선한 마음입니다. 선한 마음은 정의를 추구하는 마음입니다. 그래서 리더가 리더십을 제대로 실천하면 정의로운 사회가 됩니다. 자기 스스로의 정의 실천을 위하여 셀프 리더십까지 등장했지만, 현실은 큰 변화가 없습니다.

리더십은 무조건적인 사랑을 타인에게 베푸는 것입니다. 보통의 사람들은 지속적으로 실천하기 힘듭니다. 그래서 인류 문명에 훌륭한 리더십을 발휘한 분들을 존경하는 이유입니다.

근래에 리더십이 주목받은 이유는 경쟁과 책임을 강조하는 신자유주의의 등장으로 자기계발이 붐을 이루었기 때문입니다. 내가 발전하고 성장하기 위해서, 돈과 권력을 쟁취하기 위해서는 타인의 도움이 절대적이었습니다. 그래서 이타적 이기주의-남을 위하는 척하지만 자기에게 도움이 되는 이론-를 근본으로 한 리더십이 주목받기 시작했습니다. 다른 나라에서는 이미 물 건너갔지만, 우리나라에서는 아직 세력을 확장하고 있습니다. 그리고 이런 리더십 강의를 듣고 오면 으레 실천하려고 합니다. 그러나 하는 척하는 것이 탄로 나기 때문에 오히려 신뢰마저 잃습니다. 신자유주의 리더십의 한계입니다.

실제로 자기계발서 저자 및 강사들의 시장만 형성되었고 리더를 꿈꾼 사람들에게는 시간과 경제적인 손실만 남겼습니다. 저 또한 리더십으로 학교 문화를 바꾸기 위해 책을 한 권 냈는데 후회됩니다. 그리고 혹독한 실천의 시련을 겪고 있습니다.

리더십의 한계를 인정한 리더십으로 교사의 한계를 극복하는 리더십을 주장하는 이유입니다.

교사의 한계를 극복하는 리더십은 서로-세대, 학년, 업무, 인간관계 등-를 연결하는 고리 리더십으로 만족해야 합니다. 서로를 연결하는 통로를 만들어 다양한 이야기가 왕래할 수 있는 역할만 하고, 선택과 조정은 양쪽 고리의 당사자들이 하는 것입니다.

그리고 가끔은 엉뚱한 방향으로 고리를 연결하려는 동료에게 따끔한 충고도 잊지 않아야 합니다. 미움받지 않는 리더십은 없습니다.

어설픈 리더십은 많은 상처를 남깁니다. 심한 마음의 상처를 남기는 것보다 동료들의 이야기를 조용히 들어주고 고개 끄떡이는 것이 더 훌륭한 리더십입니다.

강한 자존감을 내포하지 않은 리더십은 자기 효능감을 현저히 떨어뜨립니다. 무기력한 삶으로 이어질 수 있습니다. 쉽게 상처받는 영혼이라면 리더십보다 명상을 권합니다.

의리가 없는 리더십은 회복불능의 불신을 조장합니다. 선동만 하고 책임지는 상황에서 철저하게 달아나려면 리더십보다 당신의 인간성부터 치유하십시오.

리더십은 학교를 행복하게 만드는 만병통치약 아닙니다. 그렇지만 리더십의 한계를 인정하는 범위에서 조용히 실천한다면 학교의 활력소는 될 것입니다.

리더십의 한계를 인정하는 것이 진정한 리더십입니다.

진양호 귀곡도의 야생 벚꽃

나는 성장한다

- 두 아들에게

새로운 정권이 들어서서 장관을 비롯한 청문회가 한창인데 여전히 업무 수행 능력이나 정책 검증보다 인간의 실수, 오류에 대한 검증이 우선인 것이 아쉽다.

물론 내가 현 정권에 대한 우호적인 입장이라서 이렇게 주장하는지도 모르겠다. 그렇지만 지금의 청문회 형태에 대한 아쉬움은 많다.

사람은 성장한다.

나의 바람, 우리의 바람, 인류의 영원한 바람인 완전체의 성스러운 인간으로 태어나는 것이 아닌 것은 분명한 사실이다. 그래서 사람과의 관계, 환경과의 조우를 통하여 바람직한 인류애를 품는 과정이 필요하다. 나는 이런 과정을 사람의 성장이라고 생각한다. 그래서 성장의 과정에서 의도했거나 그렇지 않은 결과를 위하여 의도했거나 그렇지 않은 행위가 존재한다고 생각한다.

지금 청문회는 이 성장의 결과와 과정을 검증하는 것이 주가 된 것 같다. 그래서 아쉽다. 이 성장의 과정과 결과는 과거인데, 과정의 아픔, 고의, 실수를 현재의 입장에서 검증하는 것이 아쉽다. 이런 검증은 사람의 성장을 부정하는 애초부터 완전체의 성인을 갈구한다는 생각을 한다.

나도 지금 생각하면 아찔한 순간이 많다. 남이 알면 도덕적으로 지탄을 받을 일이 있었고, 지금의 주장과 어긋나는 행위도 많았다. 부끄럽고 숨기고 싶다. 더 부끄러운 것은 관습, 사회 통념이라는 생각으로 정당한 대가를 지불하지 않은 것들이다. 몇 장관 후보들이 업무나 정책 수행 능력은 탁월함에도 국민적인 거부감을 갖게 만든 것은 본인의 의지에 의한 과정상의 오류, 정당한 대가 지불에 대한 회피 때문이라는 생각이 든다.

두 아들!

불완전한 성장의 과정으로 실패와 실수가 있는 것이 사람이다. 그래서 실패를 성공의 어머니, 실수를 성장통으로 미화하는 사회 통념을 만들었다. 하지만 실패의 경험에서 오는 지혜를 얻지 못하고, 실수의 정당한 대가 지불이 없으면 현재의 성장을 심각하게 방해하는 요소로 작용한다.

너희들은 나의 과거다. 나는 너희들의 미래다. 너희들의 미래를 새로운 성장점으로 만들려면 나의 과거를 책임져라.

또 한 가지 더, 얼마 전에 어떤 모임에 갔는데 우연히 나의 과거로 현재를 평가하는 선배의 이야기를 들었다. 예전에는 발끈하며 변명했을 것인데 조용히 과거를 회상했다. 과거의 나를 현재의 나로 바라보는 사람이 섞여 있는 현실을 받아들였다. 그리고 다짐했다. 과거의 관점으로 그 사람을 바라보지 말자. 현재 내 앞에서 말하고 행동하는 사람은 성장한 또 다른 나다.

나는 지금도 성장한다. 또 다른 나도 성장한다.

갯버들꽃에 대한 향수가 있다. 그래서 갯버들을 볼 때마다 그때와 지금을 비교하는 것이 습관화되었다. 그리고 또 다른 어느 날 갯버들꽃을 만났을 땐 어떻게 성장해 있을지 궁금하기도 하다.

| 작가의 말 |

어설프게 책 한 권 발간 후 마음이 몹시 불편했습니다. 책을 구입한 분들에게 갚고 싶은 마음이 떠나지 않았습니다. 하지만 버리지 못하는 속물근성과 교정 후 재출간을 약속한 출판사의 다른 말을 이길 수가 없어서 잊히기만을 바랐습니다.

그 어설픈 한 권의 책으로 인하여 실천이 없는 선동의 혹독한 대가를 지금도 치르고 있습니다. 실천을 강조하는 이유가 여기서 기인했습니다. 여러 가지 이론을 머리로 편집하고 투사한 것을 대단한 해결책인 것처럼 주장하는 것은 상처만 남기는 질 나쁜 선동입니다.

이론을 창조하고 검증하는 교사가 아닙니다. 나쁜 교사가 바라본 학교의 나쁜 상황을 선한 상황으로 바꾸기 위해 노력하는 교사입니다.

제 주장이 옳다고 우기지도 않습니다. 진리가 어디 있겠습니까? 사람마다 세상을 바라보는 관점이 다르고, 살아가는 방식이 다른데 억지를 부리면 파시스트겠지요.

책을 얇게 만든 것은 두고두고 읽을 만한 수준이 아니어서 독자의 시간을 뺏는 미안함이 앞서서였습니다.

사진을 잘 찍는 것도 아닙니다. 렌즈로 세상을 바라보는 것이 좋아서 카메라를 가방에 늘 넣고 다녔더니 세상이 의도하지 않은 선물을 가끔 주었습니다. 거친 글로 입은 상처를 부족한 사진으로 치유했으면 하는 바람으로 함께 실었습니다. 작가적으로 평가하지 말기를 간곡히 부탁드립니다.

글로 다짐하고 행동으로 실천하여 제 주변이 조금은 행복하도록 노력하겠습니다.

고맙습니다.